HISTÓRIAS DE
HOWARD PHILLIPS

LOVECRAFT

ILUSTRADAS POR
FRANÇOIS BARANGER

Título original: At the Mountains of Madness, 1931
Publicado na revista *Astounding Stories*,
entre fevereiro e abril de 1936
Copyright das ilustrações © Baranger 2020
Todos os direitos reservados.

Tradução para a língua portuguesa © Ramon Mapa, 2017

Diretor Editorial
Christiano Menezes

Diretor Comercial
Chico de Assis

Diretor de Novos Negócios
Marcel Souto Maior

Diretor de MKT e Operações
Mike Ribera

Diretora de Estratégia Editorial
Raquel Moritz

Gerente Comercial
Fernando Madeira

Gerente de Marca
Arthur Moraes

Gerente Editorial
Marcia Heloisa

Editor
Bruno Dorigatti

Adaptação de Capa e Projeto Gráfico
Retina 78

Coordenador de Arte
Eldon Oliveira

Coordenador de Diagramação
Sergio Chaves

Designer Assistente
Ricardo Brito

Preparação e Revisão
Ana Kronemberger
floresta

Finalização
Sandro Tagliamento

Impressão e Acabamento
Braspor

DADOS INTERNACIONAIS DE CATALOGAÇÃO NA PUBLICAÇÃO (CIP)
Jéssica de Oliveira Molinari - CRB-8/9852

Lovecraft, H. P. (Howard Phillips), 1890-1937
Nas montanhas da loucura v. 2 / Howard P. Lovecraft,
ilustrações de François Baranger; tradução de Ramon Mapa.
— Rio de Janeiro : DarkSide Books, 2024.
64 p. : il., color.

ISBN 978-65-5598-372-2
Título original: At the Mountains of Madness

1. Ficção norte-americana 2. Terror
I. Título II. Baranger, François III. Mapa, Ramon

24-1469   CDD 813.6

Índice para catálogo sistemático:
1. Ficção norte-americana

[2024]
Todos os direitos desta edição reservados à
DarkSide® *Entretenimento* LTDA.
Rua General Roca, 935/504 — Tijuca
20521-071 — Rio de Janeiro — RJ — Brasil
www.darksidebooks.com

Um conto de
H. P. LOVECRAFT

Ilustrado por
FRANÇOIS BARANGER

NAS MONTANHAS DA
LOUCURA
VOLUME II

DARKSIDE

Tradução
RAMON MAPA

VI

Seria problemático fornecer um relato detalhado e consecutivo de nosso perambular dentro da cavernosa colmeia com sua cantaria primeva morta há éons; aquele monstruoso covil de estranhos segredos que agora ecoava pela primeira vez, após incontáveis eras, os passos de pés humanos. Isso é especialmente verdadeiro porque muito do horrível drama e hedionda revelação deriva de um simples estudo dos onipresentes entalhes no mural. Nossas fotografias desses entalhes farão muito no sentido de provar a verdade do que agora revelamos, e é lamentável que não dispuséssemos de um suprimento maior de filmes. Sendo assim, fizemos rústicos rascunhos de certas formas mais salientes depois que todos os filmes foram utilizados.

A construção que adentramos era enorme e bem elaborada, e nos concedeu uma noção impressionante da arquitetura daquele inominável passado geológico. As repartições internas eram menos maciças que as paredes externas, mas nos níveis mais baixos se encontravam muito bem preservadas. A labiríntica complexidade, que envolvia curiosas irregularidades na altura do piso, caracterizava o arranjo completo; e certamente teríamos nos perdido logo no início, não fosse a trilha de papel que deixamos para trás. Decidimos explorar as mais decrépitas partes superiores antes de tudo, assim escalamos o labirinto, subindo uma distância de uns trinta metros até onde a mais alta fileira de câmaras se abria, nevada e arruinada, para o céu polar. Subimos pelas rampas íngremes e transversalmente estriadas ou por planos inclinados que em toda parte fizeram as vezes de escadas. Os recintos que encontramos apresentavam todas as formas e proporções imagináveis, variando de estrelas de cinco pontas até triângulos e cubos perfeitos. É seguro afirmar que possuía uma área geral de nove por nove metros e cerca de seis metros de altura; apesar de existirem recintos muito maiores. Após um minucioso exame das regiões superiores e do nível glacial, descemos andar por andar até a parte soterrada, onde, de fato, percebemos de imediato que estávamos num labirinto contínuo de câmaras conectadas e passagens, conduzindo, provavelmente, a áreas ilimitadas fora desse prédio em particular. O volume ciclópico e o gigantismo de

tudo se tornaram curiosamente opressivos; e havia alguma coisa vaga, mas profundamente humana, em todos os contornos, dimensões, proporções, decorações e nuances arquitetônicas daquele trabalho de pedra de blasfemo arcaísmo. Logo percebemos, a partir do que os entalhes revelaram, que aquela cidade monstruosa possuía muitos milhões de anos.

Ainda somos incapazes de explicar os princípios de engenharia utilizados no equilíbrio e ajuste anômalo das vastas massas de pedra, contudo a função do arco estava claramente ligada a isso. Os aposentos que visitamos eram completamente desprovidos de conteúdos portáteis, uma circunstância que apoia nossa crença no abandono deliberado da cidade. A forma decorativa primeva era o sistema quase universal das esculturas murais; que tendiam a percorrer em contínuas faixas horizontais de pouco menos de um metro de largura, dispostas do piso ao teto em alternância com faixas de igual tamanho que traziam arabescos geométricos. Existiam exceções a essa regra de arranjos, mas sua preponderância era esmagadora. Frequentemente, contudo, uma série de cartuchos lisos com um estranho padrão de pontos agrupados surgia ao longo das faixas de arabescos.

A técnica, logo vimos, era madura, sofisticada e esteticamente desenvolvida até o mais alto grau de civilizada maestria; ainda que absolutamente estranha em cada detalhe a qualquer tradição artística conhecida da raça humana. Na delicadeza da execução, nenhuma escultura que eu já tenha visto se aproxima dela. Os mínimos detalhes da elaborada vegetação, ou da vida animal, eram retratados com vividez impressionante, a despeito da grande escala dos entalhes; por sua vez, os desenhos convencionais eram maravilhas de intrincada habilidade. Os arabescos demonstravam um profundo uso dos princípios matemáticos e eram compostos de obscuras curvas simétricas e ângulos baseados no número cinco. As faixas pictóricas seguiam uma tradição altamente formalizada e envolviam um tratamento peculiar da perspectiva; mas possuíam uma força artística que nos comovia profundamente, apesar do vácuo entre os períodos geológicos que nos separavam. Seu método

de desenho se baseava em uma justaposição singular da seção transversal com duas silhuetas dimensionais, incorporando uma psicologia analítica que estava além do alcance de qualquer raça antiga conhecida. É inútil tentar comparar essa arte com qualquer uma representada em nossos museus. Aqueles que observarem nossas fotografias provavelmente encontrarão uma analogia mais próxima em certas concepções grotescas dos futuristas mais ousados.

O traçado em arabesco consistia em um conjunto de linhas em baixo-relevo, cuja profundidade nas paredes intactas variava entre três e cinco centímetros. Quando os cartuchos com grupos de pontos apareciam — evidentemente como inscrições em alguma língua ou alfabeto primordial —, a depressão da superfície lisa apresentava quase quatro centímetros, e nos pontos cerca de um centímetro a mais. As faixas pictóricas eram constituídas em alto-relevo, com seu plano de fundo cerca de cinco centímetros mais fundo que a superfície original da parede. Em alguns exemplares, marcas de uma antiga coloração podiam ser detectadas, embora na maioria dos casos os éons incontáveis tenham desintegrado e apagado qualquer pigmento que possa ter sido aplicado. Quanto mais estudávamos a maravilhosa técnica, mais nos admirávamos. Além de seu convencionalismo estrito, era possível capturar as minúcias, a observação acurada e a habilidade gráfica dos artistas; e, de fato, as próprias convenções serviam para simbolizar e acentuar a essência real ou a diferenciação vital de cada objeto delineado. Sentimos também que, além dessas excelências reconhecíveis, havia outras espreitando além do alcance de nossas percepções. Alguns toques aqui e ali forneciam pistas vagas de símbolos e estímulos latentes que, com outro cenário mental ou emocional e equipamento sensorial inteiramente diverso, poderiam ter representado um significado profundo e pungente para nós.

O tema das esculturas obviamente foi inspirado no cotidiano da esvaecida época na qual as peças foram esculpidas, contendo uma larga proporção de história evidente. Foi essa anormal mentalidade histórica da raça primitiva — uma circunstância fortuita operando, por mera coincidência, miraculosamente a nosso favor — que tornou os entalhes tão incrivelmente informativos para nós, levando-nos a privilegiar sua fotografia e transcrição a despeito de todas as demais considerações. Em alguns recintos o arranjo dominante era diversificado pela presença de mapas, cartas astronômicas e outros desenhos científicos em larga escala — tais coisas forneciam uma ingênua e terrível corroboração com o que reunimos a partir dos frisos e rodapés pictóricos. Ao insinuar o que o todo revelava, só posso esperar que meu relato não desperte maior curiosidade do que sã cautela naqueles que por fim acreditarem em mim. Seria trágico se outros fossem atraídos àquele reino de morte e horror justamente pelo aviso que pretendia desencorajá-los.

Essas paredes esculpidas eram interrompidas por altas janelas e maciços portais de quase quatro metros de altura, que eventualmente preservavam o madeirame petrificado — repleto de elaborados entalhes e bem polido. Todos os fixadores de metal há muito haviam se esvaído, mas algumas das portas permaneciam no lugar e precisaram ser tiradas do caminho enquanto seguíamos de um cômodo para o outro. Molduras de janelas com estranhas vidraças transparentes — na maior parte elípticas — sobreviveram aqui e ali, ainda que não em quantidade considerável. Também havia frequentes nichos de grande magnitude, geralmente vazios, mas por vezes contendo bizarros objetos entalhados na pedra-sabão verde, os quais se encontravam quebrados ou talvez foram considerados inferiores demais para compensar o transporte. Outras aberturas estavam, sem dúvida, conectadas com as instalações mecânicas de outrora — aquecimento, iluminação e similares —, conforme sugeriam diversos entalhes. Os tetos tendiam a ser planos, mas por vezes apresentavam incrustações em pedra-sabão ou azulejos, quase todos soltos atualmente. Os pisos também eram pavimentados com tais azulejos, embora predominasse o trabalho em pedra lisa.

Como já disse, toda a mobília e outros bens estavam ausentes; mas as esculturas ofereciam uma clara ideia dos estranhos dispositivos que uma vez preencheram esses ecoantes cômodos tumulares. Acima do lençol de gelo, os pisos estavam geralmente repletos de detritos, restolho e escombros; mas, conforme descíamos, essa condição se amenizava. Em algumas das câmaras mais baixas e corredores havia pouco mais que poeira ou incrustações antigas, enquanto ocasionalmente surgiam locais com a espantosa atmosfera imaculada de um ambiente recentemente varrido. Evidentemente, nos pontos em que ocorreram desmoronamentos ou colapsos, os níveis inferiores estavam tão soterrados quanto os superiores. Um pátio central — como em outras estruturas que vimos do ar — preservava as regiões internas da escuridão total; por isso, raramente usamos as lanternas nos recintos superiores, exceto para estudar os detalhes esculpidos. Além da camada de gelo, entretanto, o crepúsculo se aprofundava; e em muitas partes do nível inferior emaranhado nos aproximávamos da escuridão absoluta.

Para formar mesmo que uma ideia rudimentar de nossos pensamentos e sensações quando penetramos aquele labirinto de inumana cantaria silenciado há éons, é necessário correlacionar um caos desesperadamente perturbador de ânimos fugidios, memórias e impressões. A horrenda antiguidade suprema e a desolação letal do lugar seriam o bastante para subjugar praticamente qualquer pessoa sensível, porém a esses elementos se adicionavam os inexplicáveis horrores recentemente ocorridos no acampamento, além das revelações súbitas dos terríveis murais esculpidos ao nosso redor. No momento em que alcançamos uma área em que a cantaria se encontrava intacta,

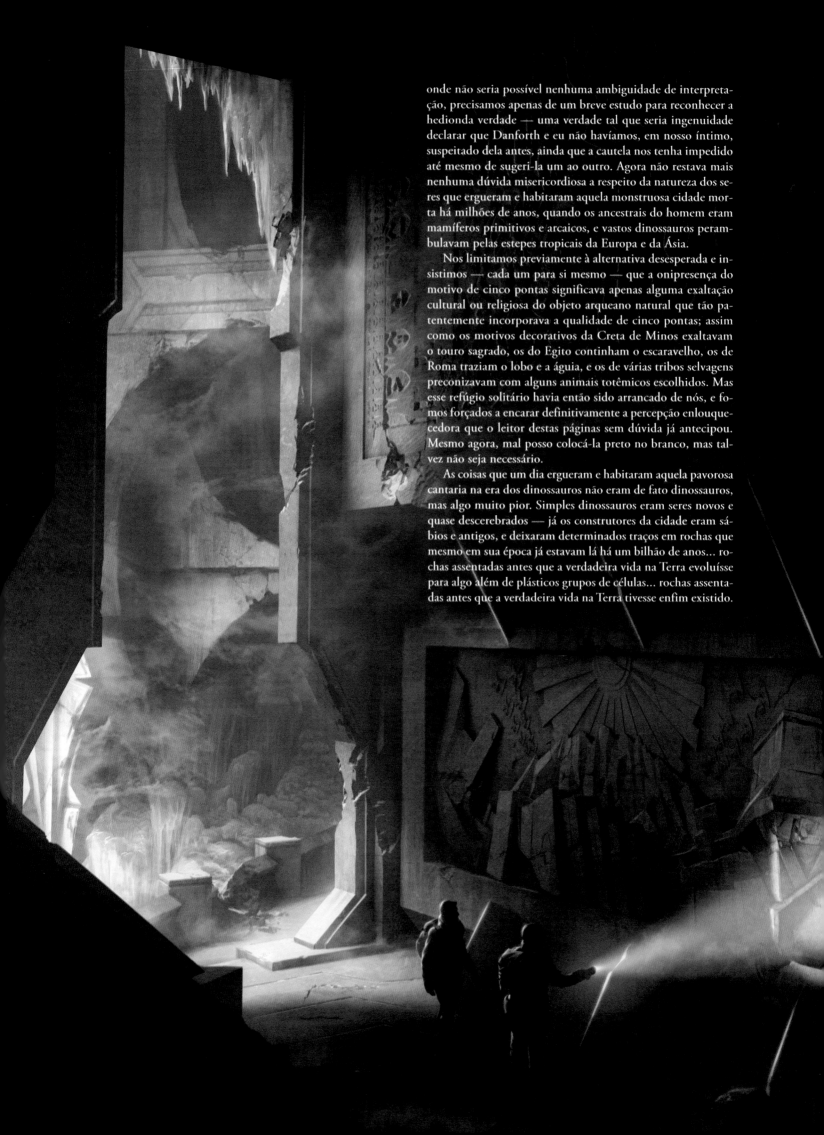

onde não seria possível nenhuma ambiguidade de interpretação, precisamos apenas de um breve estudo para reconhecer a hedionda verdade — uma verdade tal que seria ingenuidade declarar que Danforth e eu não havíamos, em nosso íntimo, suspeitado dela antes, ainda que a cautela nos tenha impedido até mesmo de sugeri-la um ao outro. Agora não restava mais nenhuma dúvida misericordiosa a respeito da natureza dos seres que ergueram e habitaram aquela monstruosa cidade morta há milhões de anos, quando os ancestrais do homem eram mamíferos primitivos e arcaicos, e vastos dinossauros perambulavam pelas estepes tropicais da Europa e da Ásia.

Nos limitamos previamente à alternativa desesperada e insistimos — cada um para si mesmo — que a onipresença do motivo de cinco pontas significava apenas alguma exaltação cultural ou religiosa do objeto arqueano natural que tão patentemente incorporava a qualidade de cinco pontas; assim como os motivos decorativos da Creta de Minos exaltavam o touro sagrado, os do Egito continham o escaravelho, os de Roma traziam o lobo e a águia, e os de várias tribos selvagens preconizavam com alguns animais totêmicos escolhidos. Mas esse refúgio solitário havia então sido arrancado de nós, e fomos forçados a encarar definitivamente a percepção enlouquecedora que o leitor destas páginas sem dúvida já antecipou. Mesmo agora, mal posso colocá-la preto no branco, mas talvez não seja necessário.

As coisas que um dia ergueram e habitaram aquela pavorosa cantaria na era dos dinossauros não eram de fato dinossauros, mas algo muito pior. Simples dinossauros eram seres novos e quase descrebrados — já os construtores da cidade eram sábios e antigos, e deixaram determinados traços em rochas que mesmo em sua época já estavam lá há um bilhão de anos... rochas assentadas antes que a verdadeira vida na Terra evoluísse para algo além de plásticos grupos de células... rochas assentadas antes que a verdadeira vida na Terra tivesse enfim existido.

Eles foram os criadores e escravizadores daquela vida, e sem dúvida deram origem aos hostis mitos ancestrais sugeridos em coisas como os Manuscritos Pnakóticos e o *Necronomicon*. Eles eram os Grandes Antigos que desceram das estrelas quando a Terra era jovem — os seres cuja substância fora moldada por uma evolução alienígena e que possuíam poderes que jamais foram gerados por este planeta. E pensar que apenas um dia antes Danforth e eu olhamos realmente para fragmentos de sua milenar substância fossilizada... e que o pobre Lake e sua equipe viram suas formas completas... Obviamente é impossível relatar ordenadamente os estágios através dos quais captamos o que sabemos sobre aquele monstruoso capítulo da vida pré-humana. Após o primeiro choque de revelação certeira, tivemos que fazer uma pausa para nos recuperar, e já eram três da tarde quando começamos nossa viagem de pesquisa sistemática. As esculturas que encontramos datavam de um período relativamente mais tardio — talvez dois milhões de anos atrás —, conforme revelaram características geológicas, biológicas e astronômicas; e incorporavam uma arte que poderia ser considerada decadente em comparação com aquelas que encontramos nas construções mais antigas após atravessarmos as pontes sob o lençol glacial. Um edifício escavado em rocha sólida parecia remontar há quarenta, talvez cinquenta milhões de anos — até o mais baixo Eoceno ou ao Cretáceo superior —, e continha baixos-relevos de uma arte que superava qualquer outra que tenhamos encontrado, a não ser por uma tremenda exceção. Aquela era, nós então concordamos, a mais antiga estrutura doméstica que havíamos atravessado.

Não fosse pelo auxílio das lanternas, eu hesitaria em contar o que encontrei e deduzi para evitar o risco de ser confinado como um louco. É claro, as partes infinitamente antigas daquela história contada pelo mosaico — representando a vida pré-terrena de seres de cabeça estrelada em outros planetas, galáxias e universos — podem ser prontamente interpretadas como a mitologia fantástica desses próprios seres; ainda que tais partes tenham por vezes envolvido desenhos e diagramas tão espantosamente próximos às últimas descobertas da matemática e da astrofísica que dificilmente sei o que pensar. Deixe que os outros julguem quando virem as fotografias que pretendo divulgar.

Naturalmente, nenhum conjunto de entalhes que encontramos contava mais que uma fração de alguma história conexa; e nós nem mesmo nos deparamos com os vários estágios da história em sua ordem apropriada. Alguns dos vastos recintos eram unidades independentes no que diz respeito aos seus desenhos, enquanto em outros aposentos uma crônica era contada continuamente ao longo de uma série de cômodos ou corredores. Os melhores mapas e diagramas se encontravam nas paredes de um horrendo abismo abaixo do nível do solo — uma caverna com talvez sessenta metros de área e dezoito metros de altura, que fora, com quase toda a certeza, algum tipo de centro educacional. Havia muitas repetições provocantes do mesmo material em diferentes câmaras e construções, já que certos capítulos da experiência, e certos sumários ou fases da história racial, evidentemente foram temas favoritos de diferentes decoradores e habitantes. Algumas vezes, contudo, versões variantes do mesmo tema se provaram úteis em organizar pontos controversos e em preencher lacunas.

Ainda me admiro que tenhamos deduzido tanto com tão pouco tempo disponível. É claro, mesmo agora temos somente o mais remoto delineamento; e muito disso foi obtido mais tarde, a partir de um estudo das fotografias e rascunhos que fizemos. Talvez seja o efeito desse último estudo — as memórias revividas e impressões vagas agindo aliadas à sua sensibilidade geral e com aquele suposto vislumbre do horror final cuja essência ele não revelará nem mesmo para mim — a fonte imediata do presente colapso de Danforth. No entanto, tinha que ser assim; pois não podíamos enviar nosso aviso de maneira inteligente sem a possível completude das informações, e a divulgação desse alerta é uma necessidade primária. Certas influências duradouras daquele desconhecido mundo antártico de tempo desordenado e lei natural alienígena tornam imperativo que futuras explorações sejam desencorajadas.

VII

A história completa, até onde foi decifrada, aparecerá em breve em um boletim oficial da Universidade Miskatonic. Aqui devo apenas delinear os aspectos mais importantes de maneira confusa e disforme. Mito ou seja lá o que fossem, as esculturas contavam a vinda, do espaço cósmico, daquelas coisas de cabeça estrelada para a Terra ainda nascente e sem vida — sua vinda, e a chegada de muitas outras entidades alienígenas que eventualmente embarcaram no pioneirismo espacial. Eles pareciam capazes de atravessar o éter com suas vastas asas membranosas — o que confirmaria estranhamente algumas curiosas histórias folclóricas que um colega antiquário me contou há muito tempo. Viveram durante um longo período sob o mar, construindo fantásticas cidades e travando terríveis batalhas com adversários inomináveis por meio do uso de complexos dispositivos que empregavam princípios de energia desconhecidos. Evidentemente seus conhecimentos científico e mecânico superavam em muito os atuais, ainda que fizessem uso de suas formas mais amplas e elaboradas apenas quando eram obrigados. Algumas das esculturas sugeriam que eles passaram por um estágio de vida mecanizada em outros planetas, mas retrocederam após concluir que seus efeitos eram emocionalmente insatisfatórios. O rigor sobrenatural de sua constituição e a simplicidade de suas necessidades naturais os tornou peculiarmente aptos a viver em grandes altitudes sem os mais especializados frutos da manufatura artificial, e até mesmo sem vestimentas, exceto para a proteção ocasional contra os elementos.

Foi sob o mar, primeiro para alimentação e depois com outros propósitos, que de início eles criaram a vida terrena — utilizando-se das substâncias disponíveis de acordo com métodos conhecidos há muito tempo. Os experimentos mais elaborados vieram após a aniquilação de vários inimigos cósmicos. Eles haviam feito a mesma coisa em outros planetas; manufaturaram não apenas o alimento necessário, mas também certas massas protoplásmicas multicelulares capazes de moldar seus tecidos em todo tipo de órgãos temporários sob influência hipnótica, formando então escravos ideais para realizar o trabalho pesado da comunidade. Essas massas viscosas foram, sem dúvida, o que Abdul Alhazred, entre sussurros, chamou de "shoggoths" em seu horrendo *Necronomicon*, embora nem mesmo o árabe louco tenha insinuado a existência terrena de algum deles, a não ser nos sonhos daqueles que haviam mascado uma determinada erva alcaloide. Quando os Antigos de cabeça estrelada já haviam sintetizado suas formas simples de alimentação neste planeta, e após gerar um bom suprimento de shoggoths, eles permitiram que mais grupos celulares se desenvolvessem em outras formas de vida animal e vegetal para propósitos variados; e extirpavam qualquer dessas formas cuja presença se revelasse problemática.

Com a ajuda dos shoggoths, cujos membros eram capazes de levantar pesos prodigiosos, as pequenas e baixas cidades submarinas se desenvolveram em vastos e imponentes labirintos de pedra não muito diferentes daqueles que posteriormente seriam erguidos em terra. De fato, os altamente adaptáveis Antigos viveram bastante em solo em outras partes do universo e provavelmente mantiveram muitas tradições de construções terrestres. Enquanto estudávamos a arquitetura de todas essas paleógenas cidades esculpidas, inclusive aquela cujos corredores mortos atravessamos há éons, nos impressionamos com uma curiosa coincidência que ainda não tínhamos tentado explicar nem sequer para nós mesmos. Os topos das construções, que na cidade ao nosso redor tinham, é claro, se transformado em ruínas em virtude das intempéries de eras atrás, foram claramente retratados nos baixos-relevos, revelando vastos conjuntos de dardos pontiagudos, delicados remates em certos cones e apêndices piramidais, além de fileiras de finos discos horizontais escalonados que encimavam formas cilíndricas. Isso foi exatamente o que vimos naquela monstruosa e portentosa miragem, lançada por uma cidade morta cujas formas panorâmicas estiveram ausentes por milhares e dezenas de milhares de anos, que se erguera diante de nossos olhos ignorantes

Sobre entre as incompreensíveis montanhas da loucura conforme nos aproximávamos pela primeira vez do malfadado acampamento do pobre Lake.

Sobre a vida dos Antigos, tanto sob o mar quanto depois que uma porção deles migrou para a terra, é possível escrever volumes inteiros. Aqueles que viveram em água rasa mantiveram o uso completo dos olhos nas extremidades de seus cinco tentáculos principais na cabeça e praticaram as artes da escrita e da escultura de maneira bem usual — a escrita era realizada com uma espécie de estilete em superfícies de cera à prova d'água. Aqueles que habitaram as profundezas do oceano, ainda que se utilizassem de um curioso organismo fosforescente para fornecer luz, suplementavam sua visão com obscuros sentidos especiais que operavam através dos cílios prismáticos em suas cabeças — sentidos que renderam a todos os Antigos uma independência parcial à luz em situações emergenciais. Suas formas de escultura e escrita sofreram alterações curiosas ao longo da descida, incorporando certos processos de revestimento aparentemente de natureza química — provavelmente para garantir a fosforescência —, os quais não foram revelados pelos baixos-relevos. Os seres se moviam no mar parcialmente através do nado — usando os braços laterais crinoides — e também se contorcendo com as estruturas inferiores de tentáculos que continham os pseudópodes. Ocasionalmente eles realizavam longos saltos com o uso auxiliar de dois ou mais conjuntos de suas asas retráteis em forma de leque. Em terra eles se utilizavam de seus pseudópodes em jornadas curtas, mas eventualmente voavam em grandes alturas ou atravessavam distâncias maiores com suas asas. Os vários tentáculos esguios dentro dos quais os braços crinoides se ramificavam eram infinitamente delicados, flexíveis e fortes, e possuíam grande precisão na coordenação neuromuscular, garantindo o máximo de habilidade e destreza em todas as expressões artísticas e demais operações manuais.

A rigidez destas coisas era quase inacreditável. Mesmo as terríveis pressões das maiores profundezas do mar pareciam incapazes de feri-las. Pouquíssimas delas pareciam morrer, exceto por meios violentos, e seus cemitérios eram muito limitados. O fato de que cobriam seus mortos, enterrando-os verticalmente sob montes nos quais eram entalhadas as cinco pontas, despertou pensamentos em Danforth e em mim que nos obrigaram a fazer uma pausa para nos recuperarmos após as revelações das esculturas. Os seres se multiplicavam através de esporos — como vegetais pteridófitos, conforme Lake suspeitara —, mas, em virtude de sua prodigiosa rigidez e longevidade, além de uma consequente desnecessidade de reposição, eles não encorajavam o desenvolvimento em larga escala de novos protaos, exceto quando desejavam ampliar a área colonizada. Os jovens amadureciam rapidamente e recebiam uma educação evidentemente superior a qualquer padrão imaginável. A vida intelectual e artística prevalente era altamente desenvolvida e produziu um duradouro conjunto de costumes e instituições que descreverei melhor em minha futura monografia. Estes variavam pouco de acordo com a residência em mar ou em terra, mas possuíam as mesmas fundações e essências.

Ainda que fossem capazes, como os vegetais, de derivar sua nutrição de substâncias inorgânicas, eles tinham uma grande preferência por alimentos orgânicos e especialmente de origem animal. Alimentavam-se de vida marinha crua nas profundezas marítimas, mas cozinhavam seus víveres em terra. Caçavam e criavam animais — abatendo-os com armas afiadas cujas

estranhas marcas em certos ossos fósseis haviam sido notadas por nossa expedição. Resistiam maravilhosamente a todas as temperaturas ordinárias; e em seu estado natural eram capazes de viver em água congelante. Quando veio a grande glaciação do Plistoceno, contudo — cerca de um milhão de ano atrás —, os habitantes terrenos precisaram recorrer a medidas especiais, incluindo aquecimento artificial; até que, aparentemente, o frio mortal terminou por conduzi-los de volta para o mar. De suas viagens pré-históricas pelo espaço cósmico dizem as lendas, eles absorveram certos químicos que os tornaram praticamente independentes de alimento, respiração e aquecimento; mas na época da grande glaciação eles perderam esses traços. Em todo caso, não eram capazes de prolongar seu estado artificial indefinidamente sem sofrer danos.

Sendo assexuados e de estrutura semivegetal, os Antigos não possuíam a base biológica para a fase familiar da vida mamífera; mas pareciam organizar grandes moradias de acordo com os princípios da utilização confortável do espaço e — como deduzimos das ocupações retratadas e cômodos reservados aos coabitantes — conforme uma associação mental por afinidade. Ao mobiliar suas casas eles mantinham tudo no centro dos grandes recintos, deixando todo o espaço das paredes livre para o tratamento decorativo. A iluminação, no caso dos habitantes terrestres, era obtida por meio de um dispositivo de prováve natureza eletroquímica. Tanto em terra quanto sob a água eles usavam curiosas mesas, cadeiras e sofás em formatos cilíndricos — já que eles descansavam e dormiam eretos, com os tentáculos retraídos —, além de prateleiras para os conjuntos articulados de superfícies pontilhadas que formavam seus livros.

O governo era evidentemente complexo e provavelmente socialista, embora afirmações nesse sentido não pudessem ser deduzidas a partir das esculturas que vimos. Havia extenso comércio, tanto local quanto entre cidades distintas; certas conta pequenas, de cinco pontas e com inscrições, eram utilizadas como moedas. Provavelmente as menores entre as várias pedras-sabão esverdeadas encontradas por nossa expedição faziam parte de tal unidade monetária. Ainda que a cultura fosse essencialmente urbana, havia alguma agricultura e extensa pecuária. Mineração e uma quantidade limitada de manufatura também eram praticadas. Viagens eram muito frequentes, mas as migrações permanentes pareciam relativamente raras, exceto por vastos movimentos colonizadores através dos quais a raça se expandia. Para a locomoção pessoal, não careciam de nenhum auxílio externo; já que para movimentos tanto em solo, ar ou água os Antigos pareciam ter capacidade de desenvolver velocidades surpreendentes. Carregamentos, entretanto, eram transportados por animais de carga — shoggoths sob o mar e uma curiosa variedade de vertebrados dos últimos anos da existência terrestre

Esses vertebrados, assim como uma infinidade de outras formas de vida — animais e vegetais, marinhas, terrestres e aéreas — foram o produto de uma evolução não guiada agindo nas células vitais criadas pelos Antigos, embora tenham escapado de seu raio de atenção. Sofreram por se desenvolver sem supervisão porque não entraram em conflito com os seres dominantes. Formas incômodas, é claro, eram exterminadas mecanicamente. Foi interessante notar em algumas das últimas e mais decadentes esculturas um mamífero primitivo cambaleante, eventualmente consumido como alimento e às vezes empregado como um divertido bufão pelos habitantes da terra firme, cujo semblante símio e vagamente humano

inconfundível. Nos prédios das cidades terrestres os imensos blocos de pedra das altas torres geralmente eram erguidos por pterodáctilos de amplas asas pertencentes a uma espécie até agora desconhecida pela paleontologia.

A persistência com a qual os Antigos sobreviveram às diversas mudanças geológicas e às convulsões da crosta terrestre foi quase milagrosa. Ainda que poucas ou nenhuma de suas cidades pareçam ter figurado além do período Arqueano, não houve interrupção em sua civilização ou na transmissão de seus registros. O local original de seu advento no planeta foi o oceano Antártico, e é provável que eles tenham vindo não muito depois que a matéria constituinte da lua fora separada de seus vizinhos do Pacífico Sul. De acordo com um dos mapas esculpidos, o antigo globo estava então sob a água, com cidades de pedra sendo erguidas cada vez mais distantes da Antártida, conforme o passar dos éons. Outro mapa mostrava uma ampla protuberância de terra seca ao redor do Polo Sul, onde evidentemente alguns dos seres realizaram assentamentos experimentais, embora seus centros principais tenham sido transferidos para áreas mais próximas do fundo do mar. Mapas posteriores, que mostram essa massa de terra rachando e se movendo, lançando certas partes despegadas em direção ao norte, sustentam acentuadamente as teorias da deriva continental propostas recentemente por Taylor, Wegener e Joly.

Com a erupção da nova terra no Pacífico Sul, tremendos eventos tiveram início. Algumas das cidades marinhas foram destroçadas para além de qualquer esperança, ainda que esse não tenha sido o pior dos infortúnios. Outra raça — uma raça terrestre de seres em forma de polvo e provavelmente correspondendo à fabulosa cria pré-humana de Cthulhu — logo começou a descer da infinidade cósmica, precipitando uma monstruosa guerra, e por algum tempo os Antigos foram forçados a voltar para o mar — um golpe colossal, tendo em vista o aumento das colônias terrestres. Mais tarde a paz se estabeleceu, e novas terras foram cedidas às crias de Cthulhu enquanto os Antigos mantiveram o mar e outras terras. Novas cidades terrestres foram fundadas

— a maior delas na Antártida, já que essa região da primeira chegada era sagrada. A partir daí, como antes, a Antártida figurou como o centro da civilização dos Antigos, e todas as cidades construídas ali pela prole de Cthulhu foram demolidas. Então, de repente, as terras do pacífico afundaram novamente, levando consigo a horrenda cidade de pedra de R'lyeh e todos os polvos cósmicos, e assim os Antigos se tornaram novamente supremos no planeta, exceto por um sombrio temor sobre o qual não gostavam de falar. Em uma era mais tardia as cidades ocuparam todas as terras e áreas aquáticas do globo — daí a recomendação, que será exposta em minha vindoura monografia, de que alguns arqueólogos realizem escavações sistemáticas em algumas das regiões extremamente afastadas usando o tipo de aparato desenvolvido por Pabodie.

Por eras, a tendência dominante foi a transferência desses seres da água para a terra; um movimento encorajado pelo surgimento de novas massas de terra, embora nunca tenham abandonado completamente o oceano. Outra causa desse movimento em direção à terra firme foi uma nova dificuldade encontrada na reprodução e manejo dos shoggoths, dos quais a bem-sucedida vida no mar dependia. Com o marchar do tempo, conforme confessaram tristemente as esculturas, a arte da criação de novas vidas a partir de matéria inorgânica se perdeu; assim, os Antigos se limitaram a moldar formas já existentes. Na terra os grandes répteis se provaram altamente adaptáveis; mas os shoggoths do mar, reproduzindo-se por fissão e adquirindo um perigoso grau de inteligência acidental com o passar do tempo, se tornaram um formidável problema.

Os shoggoths sempre foram controlados pela sugestão hipnótica dos Antigos e modelavam sua rígida plasticidade em vários membros e órgãos úteis; mas agora seus poderes de automodelagem eram eventualmente exercidos de maneira independente, imitando as várias formas implantadas pelas sugestões do passado. Ao que parece, eles desenvolveram um cérebro semiestável cuja volição independente e ocasionalmente obstinada ecoava a vontade dos Antigos, mas sem obedecê-la sempre. As imagens esculpidas desses shoggoths nos encheram, a Danforth e a mim, de horror e nojo. Normalmente eram entidades amorfas compostas de uma geleia viscosa que parecia uma aglutinação de bolhas; e cada um possuía quase cinco metros de diâmetro quando em formato de esfera. No entanto, eles constantemente mudavam de tamanho e volume; desenvolviam ou formavam aparentes órgãos de visão, audição e fala, imitando seus mestres tanto espontaneamente quanto de acordo com o que lhes era sugerido

Parece que eles se tornaram peculiarmente intratáveis por volta da metade do período Permiano, talvez há cento e cinquenta milhões de anos, quando uma verdadeira guerra para subjugá-los foi lançada sobre eles pelos Antigos marinhos. Retratos dessa guerra, e a maneira como os shoggoths tipicamente cobriam de lodo suas vítimas decapitadas, detinham uma qualidade maravilhosamente amedrontadora a despeito da intervenção abissal de eras incontáveis entre nós e eles. Os Antigos se utilizaram de curiosas armas de perturbação molecular contra as entidades rebeldes e, por fim, alcançaram uma vitória completa. Após isso, as esculturas revelavam um período no qual os shoggoths eram domados e submetidos por Antigos armados, de modo semelhante ao que os caubóis do Oeste norte-americano fizeram com os cavalos selvagens. Embora, durante a rebelião, os shoggoths tenham demonstrado a habilidade de viver fora da água, essa transição não foi encorajada; já que sua utilidade em terra dificilmente compensaria a inconveniência de seu controle.

Durante a era jurássica, os Antigos encontraram uma nova adversidade na forma de outra invasão do espaço exterior — dessa vez por criaturas meio fungos, meio crustáceos de um planeta identificado como o remoto e recém-descoberto Plutão; criaturas indubitavelmente iguais a essas figuravam em certas lendas folclóricas sussurradas na região Norte, e são conhecidas nos Himalaias como os Mi-Go, ou Abomináveis Homens das Neves. Para combater esses seres, os Antigos tentaram, pela primeira vez desde seu advento terreno, se lançar novamente no éter planetário; mas, apesar de todos os tradicionais preparativos, descobriram que não era mais possível abandonar a atmosfera terrestre. Qualquer que tenha sido o antigo segredo da viagem interestelar, este estava agora definitivamente perdido para a raça. No fim, os Mi-Go expulsaram os Antigos das terras do Norte, mas eles eram incapazes de perturbá-los no mar. Aos poucos, se iniciou o lento retorno da raça anciã ao seu original habitat antártico.

Foi curioso notar, nos retratos de batalhas, que tanto as proles de Cthulhu quanto os Mi-Go pareciam ser compostos de matérias extremamente distintas daquela substância que, sabíamos, constituía os Antigos. Eles eram capazes de se submeter a transformações e reintegrações impossíveis a seus adversários e por isso pareciam advir originalmente de golfos do espaço cósmico ainda mais remotos. Os Antigos, a não ser pela rigidez anormal e propriedades vitais peculiares, eram estritamente materiais e devem ter tido sua origem absoluta no continuum espaço-tempo conhecido; por sua vez, as fontes primevas das outras criaturas só podem ser imaginadas com a respiração suspensa. Tudo isso, é claro, assumindo que as ligações não terrestres e as anomalias atribuídas aos invasores hostis não eram pura mitologia. É concebível que os Antigos possam ter inventado um cenário cósmico para justificar suas derrotas ocasionais, já que interesse e orgulho históricos obviamente formavam seu principal elemento psicológico. É significativo que seus anais falhem em mencionar diversas raças potentes e avançadas de seres cujas poderosas culturas e cidades sobranceiras figuram persistentemente em certas lendas obscuras.

O estado mutável do mundo ao longo das eras geológicas aparece com vividez impactante em muitos dos mapas e cenas esculpidos pelos Antigos. Certos casos demandariam uma revisão da ciência atual, enquanto em outros suas audaciosas deduções puderam ser magnificamente confirmadas. Como eu disse, a hipótese de Taylor, Wegener e Joly de que todos os continentes são fragmentos de uma massa de terra antártica original que se partiu em virtude de uma força centrífuga e deslizou sobre uma superfície tecnicamente viscosa — uma hipótese sugerida por coisas como os contornos complementares da África e da América do Sul, e pela forma como as grandes cadeias de montanhas, se dobrando e se chocando, erguem-se da terra — recebe um proeminente apoio dessa fonte misteriosa.

Mapas retratando de forma evidente o mundo carbonífero de um bilhão ou mais de anos atrás exibiam falhas e fissuras destinadas a separar posteriormente a África dos reinos outrora contínuos da Europa (à época, a Valúsia da infernal lenda primitiva), a Ásia, as Américas e o continente antártico. Outros mapas — sendo o mais significativo relacionado com a fundação, há mais de cinquenta milhões de anos, da vasta cidade morta que nos cercava — revelavam todos os continentes atuais de uma maneira bem diferenciada. No mais recente espécime descoberto — datando talvez do período Plioceno — um mundo aproximado ao de hoje parecia bem claro, apesar da ligação do Alasca com a Sibéria, da América do Norte com a Europa através da Groenlândia, e da América do Sul com o continente antártico através da Terra de Graham. No mapa carbonífero o globo inteiro — o fundo do oceano e também a massa rachada de terra — trazia símbolos das vastas cidades de pedra dos Antigos, mas nos mapas mais tardios o atual retrocesso em direção à Antártida se torna bem evidente. O último exemplo do Plioceno não mostrava cidades terrestres exceto no continente antártico e na ponta da América do Sul, nem cidades oceânicas ao norte do quinquagésimo paralelo de latitude sul. O conhecimento e o interesse em relação à porção norte do mundo, exceto para um estudo das linhas costeiras provavelmente realizado durante os longos voos exploratórios com aquelas asas membranosas em formato de leque, evidentemente resultaram nulos entre os Antigos.

Destruição de cidades em virtude do surgimento de montanhas, a separação centrífuga dos continentes, as convulsões sísmicas da terra ou do fundo do mar, entre outras causas naturais, eram matéria de registros comuns; e é curioso observar quão poucos substitutos surgiam à medida que as eras passavam. A vasta megalópole morta que se abria ao nosso redor parecia ser o último centro geral da raça; fora erguida no início do período Cretáceo, depois que um titânico abalo terrestre obliterou uma predecessora ainda mais vasta não muito distante dali. Aparentemente, essa região em geral representava o ponto mais sagrado de todos, onde supostamente os primeiros Antigos se alojaram no primitivo fundo do mar. A nova cidade — cujas características pudemos reconhecer nas esculturas, embora ela se estendesse por quase dois mil quilômetros ao longo da cordilheira de montanhas, em ambas as direções, indo muito além dos limites de nosso sobrevoo — era supostamente o abrigo de certas pedras sagradas, fragmentos da primeira cidade submarina que foram trazidos à luz após longas épocas, no curso do colapso geral dos estratos.

VIII

Naturalmente, Danforth e eu estudamos com interesse especial e um peculiar senso pessoal de assombro tudo o que pertencia ao imediato distrito em que nos encontrávamos. Desse material local, havia naturalmente uma enorme abundância; e no emaranhado nível mais baixo da cidade fomos sortudos o bastante para encontrar uma casa de uma época mais tardia, cujas paredes, mesmo um tanto danificadas por uma fissura vizinhada, continham esculturas de decadente habilidade que contavam a história da região num período muito além daquele retratado no mapa Plioceno do qual derivamos nosso último vislumbre geral do mundo pré-humano. Esse foi o último lugar que examinamos detalhadamente, pois o que lá encontramos nos forneceu um novo e urgente objetivo.

Certamente, nos encontrávamos em um dos mais estranhos, bizarros e terríveis ermos do globo terrestre. De todas as terras existentes, era essa definitivamente a mais antiga; e crescia em nós a convicção de que aquela hedionda elevação do solo seria, de fato, o fabuloso e pesadelar platô de Leng, que até mesmo o louco autor do *Necronomicon* foi relutante em discutir. A grande cordilheira de montanhas era tremendamente longa — iniciando-se como uma serra baixa na Terra de Luitpold, na costa do mar de Weddell, cruzando virtualmente todo o continente. A parte realmente elevada se estendia em um poderoso arco aproximadamente a partir da latitude 82°, longitude 60° leste até latitude 70°, longitude 115° leste, com sua face côncava voltada para o nosso acampamento e sua saída para o mar situada na região daquela costa longa e obstruída pelo gelo cujos montes foram vislumbrados por Wilkes[1] e Mawson no Círculo Antártico.

Exageros da natureza ainda mais monstruosos pareciam perturbadoramente próximos. Eu disse que aqueles picos eram mais altos que os Himalaias, mas as esculturas não me deixavam afirmar que eram os mais altos da Terra. Essa honra mórbida está, além de qualquer dúvida, reservada a algo que metade das esculturas hesitava em registrar, enquanto outras abordavam com óbvia repugnância e trepidação. Aparentemente havia uma parte da terra antiga — a primeira que se erguera das águas depois que a Terra se desprendera da lua e os Antigos desceram das estrelas — que chegou a ser evitada como um mal vago e inominável. As cidades construídas nessa região ruíram antes do tempo e se encontraram inesperadamente desertas. Então, quando o primeiro grande tremor de terra convulsionou a região na era comancheana, uma fileira horrenda de picos de repente se ergueu em meio ao mais impactante estrondo e caos — e a Terra recebeu suas mais altas e terríveis montanhas.

Se a escala dos entalhes estiver correta, essas coisas abomináveis deviam ter mais de doze mil metros de altura — radicalmente maiores que as mais chocantes montanhas da loucura que atravessamos. Estendiam-se, aparentemente, desde a latitude 77°, longitude 70° leste até a latitude 70°, longitude 100° leste — a menos de quinhentos quilômetros de distância da cidade morta, de maneira que teríamos vislumbrado seus terríveis cumes ao longe no oeste obscuro, não fosse pela vaga névoa opalescente. Seu extremo norte devia, da mesma forma, ser visível a partir da longa costa litorânea do Círculo Antártico, na Terra da Rainha Mary.

---

1   O oficial naval Charles Wilkes (1798-1877) comandou a expedição americana pelo oceano Antártico em 1838. Notório por sua rigidez no trato com a tripulação, teria sido uma das inspirações de Herman Melville para compor o obsessivo capitão Ahab, de *Moby Dick*.

Alguns dos Antigos, em seus dias de decadência, realizaram estranhas preces para aquelas montanhas; mas nenhum deles se arriscou em se aproximar ou investigar o que existia além delas. Jamais foram miradas pelo olhar humano e, enquanto eu estudava as emoções retratadas nos entalhes, rezei para que isso jamais aconteça. Há montes protetores ao longo da costa além dessas montanhas — Rainha Mary e as terras do Kaiser Wilhelm —, e agradeci aos céus que ninguém tenha sido capaz de aterrissar ali ou escalar aqueles montes. Não sou mais tão cético em relação aos contos antigos e medos como costumava ser, e não mais escarneço das noções do escultor pré-humano de que os relâmpagos, em intervalos, faziam uma pausa significativa em cada um dos cumes melancólicos, e que um brilho inexplicável irradiava daqueles pináculos terríveis ao longo de toda a noite polar. É bem provável que exista um sentido deveras real e monstruoso nos antigos sussurros Pnakóticos sobre Kadath no Deserto Gelado.

Mas o terreno que se estendia adiante de nós não era menos estranho, embora menos sujeito a inomináveis maldições. Logo após a fundação da cidade, a grande cordilheira se tornou o sítio dos principais templos, e vários entalhes retratavam grotescas e fantásticas torres rasgando o céu onde agora víamos somente cubos curiosamente presos às rochas e balaustradas. No curso das eras as cavernas surgiram, e foram transformadas em anexos dos templos. Com o avanço de épocas ainda mais tardias, todos os veios de calcário da região foram erodidos pelas águas subterrâneas, de forma que as montanhas, os sopés e os planos abaixo deles se transformaram numa rede perceptível de cavernas conectadas e galerias. Muitas esculturas retratavam profundas explorações subterrâneas, além da descoberta do estígio e soturno mar que espreita no ventre da Terra.

Esse vasto golfo noturno fora escavado, indubitavelmente, pelo grande rio que fluía das inomináveis e horríveis montanhas ocidentais, contornava a base da cordilheira dos Antigos

e seguia ao lado da cadeia até o oceano Índico, entre Budd e as Terras Totten, no litoral de Wilke. Pouco a pouco, a base calcária do monte foi erodida em seu entorno, até que finalmente seus fluidos correntes atingiram as cavernas de águas subterrâneas, juntando-se a elas na escavação de um abismo mais profundo. Finalmente sua protuberância completa se esvaziou nos morros ocos, secando o velho leito que corria em direção ao oceano. Grande parte da cidade tardia como a encontramos agora fora erguida sobre o antigo leito. Os Antigos, compreendendo o que estava ocorrendo e exercendo seu senso artístico sempre interessante, escavaram em pilares ornados aquelas faixas de terra dos sopés onde a grande corrente começava sua descida na escuridão eterna.

Esse rio, outrora atravessado por pontes de pedras nobres, era claramente aquele cujo leito extinto visualizamos em nosso voo. Sua posição em diferentes entalhes da cidade nos ajudou a visualizar aquele cenário tal como fora em vários estágios da longeva região morta através das eras históricas; assim fomos capazes de rascunhar um rápido, mas cuidadoso, mapa das características principais — praças, prédios importantes e coisas do tipo — que serviria de guia para futuras explorações. Logo podíamos reconstruir, em nossas fantasias, toda a coisa estupenda como ela era há um milhão, ou dez milhões, ou quinze milhões de anos, uma vez que as esculturas nos mostravam exatamente como eram as construções, montanhas, quarteirões, subúrbios e panoramas em seu conjunto, bem como a aparência da luxuriante vegetação Terciária. O lugar deve ter possuído uma maravilhosa e mística beleza, e enquanto pensava nisso quase me esqueci da desagradável sensação de sinistra opressão que a idade inumana da cidade, sua magnitude e morte, sua remota distância e crepúsculo glacial infundiram em meu espírito, sufocando e oprimindo-o. Ainda de acordo com certos entalhes, os habitantes da cidade conheceram, eles mesmos, o estrangulamento do terror opressivo; pois há um sombrio e recorrente tipo de cena em que os Antigos são mostrados em fuga, apavorados por algum tipo de objeto — cujo retrato nunca fora permitido — encontrado no grande rio, o qual, oriundo daquelas horríveis montanhas ocidentais, lhes fora levado pela corrente através de florestas de cicadófitas drapejadas de trepadeiras.

Foi apenas na mais tardia das casas com os entalhes decadentes que obtivemos um vislumbre da calamidade fatal que conduzira ao abandono da cidade. Sem dúvida, devem existir muitas outras esculturas da mesma época em outros lugares, mesmo considerando as energias e aspirações vacilantes de um período incerto e estressante. De fato, muitas evidências da existência de outras peças vieram até nós logo depois, mas esse foi o primeiro e único conjunto que encontramos diretamente. Planejávamos continuar com a exploração mais tarde; mas, como já disse, condições imediatas ditaram outro objetivo premente. Haveria, contudo, um limite — pois, após ter perecido, entre os Antigos, toda e qualquer esperança de uma longa ocupação futura do lugar, não poderia deixar de haver uma interrupção completa das decorações murais. O golpe derradeiro, é claro, foi a chegada do grande frio que uma vez manteve a terra refém e que jamais abandonou os seus malfadados polos — o grande frio que, na outra extremidade do mundo, eliminou as fabulosas terras de Lomar e Hiperbórea.

É difícil estabelecer precisamente em que momento essa tendência começou na Antártida. Entretanto, determina-se que o início dos períodos glaciais gerais tenha se dado há aproximadamente quinhentos mil anos, a partir do momento presente, mas nos polos o terrível flagelo deve ter se iniciado muito mais cedo. Todas as estimativas são, em parte, suposições; mas é bem provável que as esculturas decadentes tenham sido feitas há menos de um milhão de anos, e que a cidade fora completamente desertada muito antes do convencionado início do Plistoceno — há quinhentos mil anos —, conforme é possível calcular em termos da superfície terrestre como um todo.

Nas esculturas decadentes havia sinais de mirrada vegetação em vários lugares, além de um decréscimo da vida rural por parte dos Antigos. Dispositivos de aquecimento figuravam nas casas, e viajantes de inverno eram representados encobertos por tecidos protetores. Então vimos uma série de cartuchos (o arranjo de faixas contínuas era frequentemente interrompido nesses últimos entalhes) descrevendo uma migração crescente em direção aos refúgios mais próximos e com temperaturas mais elevadas — alguns fugiam para as cidades submarinas distantes do litoral, e outros desciam, através das redes de cavernas de calcário nos montes ocos, em direção ao vizinho abismo negro de águas subterrâneas.

Por fim, aparentemente esse abismo foi o local mais colonizado. Tal se deve, sem dúvidas, ao caráter sacro dessa região especial; mas pode ter sido escolhido sobretudo por haver a possibilidade de utilizar os grandes templos escavados nas montanhas alveolares e também porque a vasta cidade em terra firme poderia ser mantida como um local de veraneio e base de comunicação com várias minas. A ligação entre as velhas e novas moradias era feita principalmente por meio de diversos desníveis e melhorias realizadas ao longo das rotas de conexão, incluindo a escavação de numerosos túneis que conduziam diretamente da antiga metrópole até o abismo negro — túneis com descidas acentuadas cujas bocas cuidadosamente desenhamos, de acordo com nossas melhores estimativas, no mapa que compilávamos. Era óbvio que ao menos dois desses túneis se localizavam dentro de uma distância exploratória razoável a partir do ponto em que nos encontrávamos; ambos estavam no limite montanhoso da cidade, um a cerca de quatrocentos metros na direção do antigo leito do rio, e o outro a talvez o dobro da distância, na direção oposta.

O abismo, aparentemente, apresentava margens de terra seca em certos locais, mas os Antigos construíram sua nova cidade sob a água — sem dúvida em virtude de uma maior certeza em relação à uniformidade da temperatura. A profundidade do mar oculto parece ter sido muito grande, de forma que o calor interno da Terra garantia que o local seria habitável por um período indefinido. As criaturas pareciam não ter problemas em se adaptar à residência, de início parcialmente — e, finalmente, é claro, em tempo integral — sob a água, pois elas nunca permitiram que seu sistema de guelras se atrofiasse. Havia várias esculturas que retratavam suas constantes visitas a parentes submarinos em todos os lugares, além de banhos habituais no fundo de seu grande rio. A escuridão do interior da terra também não seria proibitiva para uma raça acostumada às longas noites antárticas.

Embora seu estilo fosse efetivamente decadente, esses últimos entalhes ganhavam uma qualidade verdadeiramente épica quando narravam a construção da nova cidade na caverna marinha. Os Antigos foram bem científicos quanto a isso; extraíram rochas insolúveis do coração das montanhas alveolares e empregaram trabalhadores especializados das cidades submarinas próximas para realizar a construção de acordo com os melhores métodos. Tais trabalhadores trouxeram consigo

tudo o que era necessário para estabelecer o novo empreendimento — tecidos de shoggoths, a partir dos quais seriam criados carregadores de pedras e, posteriormente, bestas de carga para a cidade na caverna, além de outras matérias protoplásmicas que serviriam para moldar organismos fosforescentes utilizados na iluminação.

Finalmente uma poderosa metrópole se ergueu no fundo daquele mar estígio; sua arquitetura era muito parecida com a da cidade na superfície, e seu trabalho demonstrou relativamente pouco definhamento em consequência dos precisos elementos matemáticos inerentes às operações de construção. Os shoggoths recém-criados alcançaram enormes proporções e singular inteligência, e foram representados cumprindo ordens com extrema rapidez. Ao que parece, conversavam com os Antigos pela imitação de suas vozes, uma espécie de assovio musical de alta frequência — se as indicações da dissecação do pobre Lake estiverem corretas —, e trabalhavam mais sob o comando falado do que por sugestões hipnóticas como nos tempos antigos. Eram mantidos, contudo, sob admirável controle. Os organismos fosforescentes forneciam iluminação com grande efetividade e sem dúvida compensavam bem a ausência das familiares e noturnas auroras polares do mundo exterior.

Arte e decoração ainda eram praticadas, embora, é claro, com certo decaimento. Os Antigos pareciam perceber seu declínio, e em muitos casos anteciparam a política de Constantino, o Grande, ao transplantar blocos da antiga cantaria especialmente refinada de sua cidade terrestre, assim como o imperador, numa época similar de esgotamento, despiu a Grécia e a Ásia de sua melhor arte para presentear sua nova capital bizantina com um esplendor superior àquele que o seu próprio povo teria sido capaz de criar. A transferência de blocos esculpidos não foi mais extensa, sem dúvida, pelo fato de que a cidade terrestre não havia sido completamente abandonada de início. Na época do abandono total — e certamente isso aconteceu antes do avanço do Plistoceno polar —, os Antigos já tinham se contentado com sua arte decadente — ou apenas deixaram de reconhecer o mérito superior do entalhe antigo. De qualquer forma, as ruínas que nos rodeavam, lançadas ao silêncio de éons, certamente não foram submetidas a um completo saque cultural; contudo, as melhores estátuas avulsas e outros móveis foram levados embora.

Os decadentes cartuchos e rodapés que contavam essa história foram, conforme já relatei, os últimos que pudemos encontrar em nossa limitada busca. Deixaram-nos com uma imagem dos Antigos indo e vindo constantemente, da cidade em terra no verão para a cidade na caverna marinha no inverno, e algumas vezes comerciando com cidades submersas ao longo do litoral antártico. A sina final da cidade terrestre deve ter ocorrido nessa época, pois as esculturas revelavam muitos sinais da maligna invasão glacial. A vegetação declinava, e as neves terríveis do inverno não mais derretiam completamente, nem mesmo no alto verão. Os rebanhos de sáurios estavam quase todos mortos, e os mamíferos também sofriam. Para manter o trabalho no mundo superior, tornou-se necessário adaptar

alguns dos shoggoths amorfos e curiosamente resistentes ao frio para a vida na terra; algo que os Antigos antes relutaram em fazer. O grande rio agora não tinha mais vida, e o mar da superfície perdera a maioria de seus habitantes, exceto as focas e baleias. Todas as aves se foram, com exceção apenas dos enormes e grotescos pinguins.

O que ocorreu depois de tudo isso, podemos apenas supor. Por quanto tempo a cidade na caverna marinha sobreviveu? Ela ainda estaria lá, um cadáver petrificado na escuridão eterna? Teriam as águas subterrâneas finalmente se enregelado? A que destino as cidades oceânicas do mundo exterior teriam sido entregues? Alguns dos Antigos teriam se mudado para o norte, ultrapassando a camada de gelo? A geologia atual não mostra nenhum traço de sua presença. Os terríveis Mi-Go ainda seriam uma ameaça no mundo extraterreno das terras do Norte? Seria possível ter certeza do que poderia ou não ter sobrevivido, até os dias atuais, nos escuros e inexplorados abismos das mais profundas águas da Terra? Aquelas coisas pareciam capazes de suportar qualquer quantidade de pressão — e homens do mar eventualmente fisgam curiosos objetos. E a teoria da baleia assassina de fato poderia explicar as selvagens e misteriosas cicatrizes nas focas antárticas percebidas na geração passada por Borchgrevingk?

Os espécimes encontrados pelo pobre Lake não entram nessas suposições, pois seu contexto geológico prova que devem ter vivido numa época muito remota da história da cidade terrestre. Eles possuíam, de acordo com sua localização, certamente não menos que trinta milhões de anos; e refletimos que, nessa época, a cidade na caverna marinha e mesmo a própria caverna nem ao menos existiam. Teriam recordado um cenário mais antigo, com luxuriante vegetação terciária por toda parte, uma cidade mais jovem na terra firme com arte florescendo ao seu redor e um grande rio correndo ao norte, ao longo dos sopés de poderosas montanhas, em direção a um distante oceano tropical.

Ainda assim não podíamos evitar pensar naqueles espécimes — sobretudo nos oito ainda intactos que desapareceram do acampamento terrivelmente devastado de Lake. Havia algo anormal em todo o ocorrido — as coisas estranhas que tão duramente tentamos atribuir à loucura de alguém — aquelas covas horrendas — a quantidade e a natureza do material desaparecido — Gedney — a rigidez extraterrena daquelas monstruosidades arcaicas e as estranhas aberrações vitais que as esculturas agora relacionavam à raça... Danforth e eu vimos o bastante em algumas poucas horas e estávamos preparados para acreditar em muitos segredos chocantes e incríveis da natureza primitiva, mas manteríamos completo silêncio a seu respeito.

IX

Eu disse que nosso estudo das esculturas decadentes trouxe uma mudança em nosso objetivo imediato. Isso, é claro, se relaciona com as avenidas cinzeladas do abominável mundo interior, de cuja existência não sabíamos antes, mas que agora estávamos dispostos a encontrar e percorrer. A partir da evidente escala dos entalhes, deduzimos que uma caminhada descendente de cerca de um quilômetro e meio através de qualquer um dos túneis vizinhos nos conduziria à beira dos estonteantes penhascos sobranceiros sobre o grande abismo, em cujas laterais desciam caminhos razoáveis, melhorados pelos Antigos, que conduziam à rochosa margem do oculto e notívago oceano. Contemplar esse fabuloso golfo em sua forte presença era uma tentação à qual parecia impossível resistir uma vez que se tomava conhecimento da coisa — embora percebêssemos que seria necessário iniciar a jornada rapidamente se esperávamos realizá-la em nossa atual incursão.

Já eram oito horas da noite, e não tínhamos cargas sobressalentes de bateria para manter nossas lanternas acesas indefinidamente. Realizamos tantos estudos e cópias abaixo do nível do gelo que nosso suprimento de baterias fora usado por pelo menos cinco horas seguidas; e apesar da fórmula especial de células secas, era óbvio que nosso suprimento duraria no máximo mais quatro horas — ainda que pudéssemos estender esse tempo se mantivéssemos uma das lanternas apagada, utilizando-a apenas em lugares especialmente interessantes ou difíceis. Não era possível ficar sem luz naquelas catacumbas ciclópicas, então, para realizar a viagem até o abismo, fomos obrigados a abrir mão de decifrar posteriormente os murais. Obviamente pretendíamos revisitar o lugar durante dias e talvez semanas para estudos intensivos e registros fotográficos — a curiosidade superara o horror —, mas por enquanto precisávamos correr. Nosso suprimento de papéis para marcar o caminho estava longe de ser ilimitado, e estávamos relutantes em sacrificar nossos blocos de nota ou os papéis de rascunho para aumentá-lo; porém nos desfizemos de um grande caderno. Se o pior acontecesse, poderíamos recorrer à marcação nas rochas — e seria possível, é claro, mesmo no caso de uma total perda de direção, alcançar a luz do dia através de um ou outro canal com tempo suficiente para tentativas e erros. Então finalmente nos dirigimos, repletos de entusiasmo, ao túnel mais próximo.

Segundo os entalhes a partir dos quais fizemos nosso mapa, a entrada do túnel que procurávamos não poderia estar muito mais distante que quatrocentos metros do local onde nos encontrávamos; o caminho até lá estava repleto de construções de aparência sólida, provavelmente penetráveis, embora estivessem num nível subglacial. A abertura em si estaria no subterrâneo — no ângulo mais próximo ao sopé — de uma vasta estrutura pentapontiaguda de natureza evidentemente pública ou mesmo cerimonial, que tentamos identificar a partir de nosso sobrevoo pelas ruínas.

Nenhuma estrutura do tipo surgiu em nossas mentes enquanto relembrávamos nosso voo, então concluímos que suas partes superiores estavam muito danificadas ou foram totalmente destruídas pela fenda de gelo que avistamos. Nesse caso, o túnel provavelmente estaria obstruído, e assim teríamos que tentar algum outro que estivesse mais próximo — aquele localizado a pouco mais de um quilômetro e meio em direção ao norte. O curso do rio impedia qualquer tentativa de acesso a outros túneis mais ao sul nessa viagem; e, de fato, se ambos os túneis vizinhos estivessem obstruídos, não era certo que nossas baterias poderiam garantir uma terceira tentativa, localizada ainda mais ao norte — um quilômetro e meio mais distante que nossa segunda escolha.

Enquanto percorríamos nosso sombrio caminho através do labirinto com o auxílio do mapa e da bússola — atravessando salões e corredores em todos os estágios de ruína ou preservação, escalando rampas, cruzando lajes e pontes e descendo novamente, encontrando passagens obstruídas e pilhas de detritos, acelerando ali e acolá ao longo de trechos refinadamente bem preservados e espantosamente imaculados, tomando rotas falsas e retraçando nosso caminho (em alguns casos, removendo a trilha de papéis que havíamos deixado para trás), e vez ou outra atingindo o fundo de um poço aberto através do qual se infiltrava ou fluía a luz do dia —, éramos repetidamente tentados pelas paredes esculpidas ao longo de nossa rota. Muitas deviam narrar contos de imensa importância histórica, e apenas o prospecto de visitas posteriores nos reconciliaram com a necessidade de deixá-las. Diminuíamos a velocidade de vez em quando e ligávamos a segunda lanterna. Se tivéssemos mais filmes, certamente teríamos pausado brevemente para fotografar alguns baixos-relevos, mas perder tempo com desenhos estava claramente fora de questão.

Chego agora uma vez mais num ponto em que me vejo muito fortemente tentado a hesitar, ou a fazer sugestões em vez de afirmações. É necessário, contudo, revelar o restante para justificar meu esforço em desencorajar futuras explorações. Estávamos muito próximos do local que acreditávamos ser a entrada do túnel — após atravessar uma ponte do segundo pavimento até o que parecia ser a extremidade de uma parede pontuda, e então descendo para um corredor arruinado, especialmente rico em esculturas decadentemente elaboradas e aparentemente ritualísticas de tardia habilidade — quando, cerca de oito e meia da noite, as narinas jovens e apuradas de Danforth nos deram o primeiro indício de algo incomum. Se tivéssemos um cão conosco, suponho que teríamos sido avisados antes. De início não conseguíamos dizer com precisão o que estava errado, pois o ar estava muito cristalino, mas após alguns segundos nossas memórias reagiram definitivamente. Deixe-me tentar expor a coisa sem estremecer. Havia um odor — e esse odor era leve, sutil e inconfundivelmente semelhante àquele que nos nauseara ao abrir a cova insana do horror dissecado pelo pobre Lake.

É claro que a revelação não foi tão súbita como soa agora. Havia várias explanações concebíveis, e trocamos muitos sussurros indecisos. O mais importante de tudo é que não retornamos sem investigar mais detidamente; por ter chegado tão longe, hesitávamos em nos intimidar por qualquer coisa que não fosse um iminente desastre. De qualquer forma, o que devemos ter suspeitado era, no fim das contas, insano demais para se acreditar. Tais coisas não ocorrem em nenhum mundo normal. Provavelmente nada além de um instinto irracional fez com que desligássemos nossa única lanterna — uma vez que não estávamos

mais seduzidos pelas decadentes e sinistras esculturas que nos fitavam ameaçadoramente das paredes opressivas —, diminuindo nosso progresso a um cauteloso tatear e rastejar sobre o piso cada vez mais atulhado por escombros e detritos.

Os olhos e o nariz de Danforth se provaram mais apurados que os meus, por isso é justificável que ele tenha sido o primeiro a notar o estranho aspecto dos detritos depois que atravessamos vários arcos semiobstruídos que conduziam a câmaras e corredores no nível do solo. O lugar não parecia ter sido abandonado há milhares de anos, e quando cautelosamente aumentamos a luz vimos que uma espécie de trilha parecia ter sido traçada. A natureza irregular dos escombros impedia qualquer marca mais definida, mas nos locais mais limpos havia a sugestão de que objetos pesados foram arrastados. Por um momento pensamos ter visto uma pista de rastros paralelos, como os de alguém correndo. Isso foi o que nos fez parar novamente.

Foi durante essa pausa que captamos — dessa vez simultaneamente — outro odor mais adiante. Paradoxalmente, era ao mesmo tempo um odor mais e menos horripilante — intrinsecamente menos horripilante, mas infinitamente mais apavorante nesse local e sob as circunstâncias conhecidas... a menos, é claro, Gedney... pois o odor era o simples e familiar cheiro de petróleo comum... gasolina ordinária.

De que maneira nos foi possível encontrar motivação depois desse episódio é algo que deixarei os psicólogos descobrirem. Sabíamos agora que alguma terrível extensão dos horrores do acampamento deve ter se arrastado até esse noturno cemitério dos éons, portanto não podíamos mais duvidar da existência de circunstâncias inomináveis — presentes ou ao menos recentes — logo à frente. Por fim deixamos que a pura curiosidade abrasadora — ou ansiedade — ou auto-hipnose — ou vagos pensamentos de responsabilidade em relação a Gedney — ou o que fosse — nos conduzisse. Danforth sussurrou novamente sobre a marca que pensou ter visto na curva do beco nas ruínas acima; também se referiu ao sutil assovio musical — potencialmente de tremenda significância à luz dos relatórios de dissecação de Lake, a despeito de sua grande semelhança com os ecos das ventanias que sopravam nos picos nas entradas das cavernas — que imaginou ter escutado logo a seguir nas profundezas desconhecidas. Eu, do meu lado, sussurrava sobre as condições em que o acampamento fora deixado — ou a respeito das coisas desaparecidas, e como a loucura de um único sobrevivente pode ter concebido o inconcebível — uma viagem insana através das monstruosas montanhas e uma descida até a desconhecida cantaria primitiva.

Mas não pudemos convencer um ao outro, nem sequer a nós mesmos, de algo definitivo. Desligamos todas as luzes quando paramos e notamos vagamente que um traço de luz vindo da superfície impedia a escuridão absoluta. Tendo começado automaticamente a seguir adiante, nos guiávamos por flashes ocasionais de nossa lanterna. Os detritos perturbados criavam uma impressão da qual não podíamos nos desvencilhar, e o cheiro de gasolina se tornava mais forte. Mais e mais ruínas apareciam diante de nossos olhos e prendiam nossos pés, e então logo depois percebemos que o caminho à frente estava prestes a cessar. Tínhamos sido corretos demais em nossos palpites pessimistas sobre aquela fenda vista do ar. Nossa jornada através do túnel era cega, e não seríamos capazes de atingir o subsolo que dava acesso ao abismo.

A luz da lanterna, refletindo nas paredes grotescamente escavadas do corredor bloqueado em que estávamos, mostrava várias passagens em diversos estágios de obstrução; e o odor de gasolina — quase abafando aquela outra insinuação de odor — vinha especialmente de uma delas. Enquanto firmávamos o olhar, percebemos, para além de qualquer dúvida, que houvera uma leve e recente remoção dos detritos de uma abertura em particular. Qualquer que fosse o horror à espreita, acreditávamos que o caminho que conduzia até ele estava agora plenamente manifesto. Não creio que alguém poderia se surpreender por termos aguardado um tempo considerável antes de dar o próximo passo.

E então, quando nos aventuramos no interior do arco negro, nossa primeira impressão foi de anticlímax. Em meio à área de escombros de escultura críptica — um cubo perfeito com lados de aproximadamente seis metros —, não restava nenhum objeto recente de tamanho definível de imediato; então procuramos instintivamente, ainda que em vão, por uma passagem mais distante. Em outro momento, contudo, a visão afiada de Danforth vislumbrou um local onde os detritos do piso tinham sido revolvidos; e ligamos as duas lanternas na potência máxima. Ainda que, na verdade, tenhamos visto naquela luz algo simples e trivial, não me sinto nada menos que relutante em contar, por causa das implicações disso. Tratava-se de um espaço que fora grosseiramente limpo, e sobre os detritos que restavam havia vários objetos pequenos que jaziam descuidadamente lançados; além disso, num dos cantos uma considerável quantidade de gasolina devia ter sido derramada recentemente, o bastante para exalar um forte odor, mesmo naquela altitude extrema do superplatô. Em outras palavras, não poderia ser outra coisa senão uma espécie de acampamento — um acampamento montado por seres exploradores que, como nós, se viram obrigados a voltar por conta da obstrução inesperada do caminho que conduzia ao abismo.

Deixe-me ser direto. Os objetos largados vieram, até onde isso importa, todos do acampamento de Lake; e consistiam em latas abertas de uma forma esquisita, como as que vimos naquele lugar devastado, muitos fósforos riscados, três livros ilustrados e curiosamente manchados, um tinteiro vazio com seu cartão de instruções ilustrado, uma caneta-tinteiro quebrada, alguns fragmentos estranhamente recortados de casacos de pele e lonas, uma bateria elétrica usada com um manual de instruções, um cartão que acompanhava o aquecedor de barracas que usávamos e um sortimento de papéis amassados. Tudo estava em más condições, mas quando vimos o que havia nos papéis sentimos que tínhamos chegado no pior ponto. Encontramos certos papéis estranhamente manchados no acampamento que poderiam ter nos preparado para o que estava por vir, embora o efeito da visão lá embaixo, nas tumbas pré-humanas de uma cidade de pesadelos, tenha sido quase insuportável.

Um Gedney enlouquecido poderia ter feito o grupo de pontos, imitando aqueles encontrados nas pedras-sabão esverdeadas, bem como os pontos naquelas sepulturas insanas de cinco pontas; e ele poderia ter feito rascunhos grosseiros e apressados — variando em sua precisão ou na ausência dela — que delineavam as partes vizinhas da cidade e traçavam o caminho desde um lugar representado como um círculo, fora de nossa rota prévia — um lugar que identificamos como uma grande torre cilíndrica nos entalhes e como um vasto golfo circular vislumbrado em nosso sobrevoo —, até a estrutura pentapontiaguda onde estávamos e a boca do túnel lá dentro. Ele poderia, repito, ter preparado esses esboços; pois aqueles que estavam diante de

nós foram obviamente compilados como os nossos, a partir das esculturas tardias que se encontravam em algum lugar no labirinto glacial, embora não dos que vimos e usamos. Mas o suposto lança-tintas jamais poderia ter executado tais rascunhos se utilizando de uma estranha e contínua técnica, superior, talvez, a qualquer um dos entalhes decadentes de onde foram copiados, a despeito de sua pressa e desleixo — a inconfundível e característica técnica dos próprios Antigos no auge da cidade morta.

Alguns poderiam afirmar que Danforth e eu estávamos totalmente loucos porque não fugimos para salvar nossas vidas diante daquilo; uma vez que nossas conclusões — não obstante sua irracionalidade — se firmavam completamente e eram de uma natureza que não careço mencionar para aqueles que leram meu relato até aqui. Talvez tenhamos enlouquecido — pois eu já não disse que aqueles picos horríveis eram montanhas da loucura? Mas penso que consigo detectar algo desse mesmo espírito — ainda que em uma forma menos extrema — nos homens que perseguem bestas mortais pelas selvas africanas para fotografá-las ou estudar seus hábitos. Ainda que estivéssemos semiparalisados com o terror, ardia em nosso interior a trepidante chama do espanto e da curiosidade que, por fim, triunfou.

É claro que não pretendíamos encarar aquilo — ou aqueles — que, sabíamos, estivera ali, mas sentíamos que já deveria ter ido embora. Naquele momento, o que quer que fosse já teria encontrado a outra entrada vicinal para o abismo, adentrando qualquer que fossem os fragmentos negros como a noite do passado que estariam à sua espera no golfo derradeiro — o golfo derradeiro que eles nunca viram. Se essa entrada também estivesse bloqueada, eles seguiriam em direção ao norte para encontrar outra. As coisas eram, lembramos, parcialmente independentes da luz.

Relembrando aquele momento, eu mal posso me recordar da forma precisa que nossas novas emoções tomaram — que mudança de objetivo aguçou daquela maneira nosso senso de expectativa. Certamente não queríamos encarar aquilo que temíamos — embora eu não possa negar um desejo oculto e inconsciente de espiar certas coisas a partir de algum ponto seguro que nos oferecesse alguma vantagem. Provavelmente não tínhamos desistido de nosso interesse em vislumbrar o próprio abismo, contudo um novo objetivo se interpôs na forma daquele enorme lugar circular indicado nos esboços amarrotados que encontramos. Reconhecemo-lo prontamente como a monstruosa torre cilíndrica que figurava nos entalhes mais antigos, aparecendo apenas como uma abertura redonda prodigiosa vista de cima. Alguma coisa na impressionante retratação daquela imagem, mesmo nos diagramas mais apressados, nos levou a crer que seus níveis subglaciais deviam ainda representar uma peculiar importância. Talvez as maravilhas arquitetônicas que incorporava ainda subsistissem ocultas para nós. De acordo com as esculturas que a retratavam, certamente deveria possuir uma idade inacreditável — estando, de fato, entre as primeiras construções erguidas na cidade. Seus entalhes, se preservados, seriam de enorme significância. Mais do que isso, a coisa poderia ter uma boa ligação com o mundo da superfície — uma rota mais curta do que aquela que nós tão cuidadosamente trilhamos, e provavelmente foi por esse caminho que os outros haviam descido.

De qualquer forma, estudamos os terríveis esboços — que quase perfeitamente confirmavam nossos próprios — e começamos a seguir o curso indicado até o local circular; o curso que nossos inomináveis predecessores atravessaram duas vezes antes de nós. O outro portal vicinal para o abismo devia estar além dele. Não é preciso falar de nossa jornada — durante a qual continuamos a deixar uma econômica trilha de papéis —, pois ela foi muito semelhante ao caminho que nos fez atingir o beco sem saída; exceto pela aproximação do nível do solo e até mesmo corredores subterrâneos. De vez em quando podíamos perceber certas marcas perturbadoras nos detritos ou escombros aos nossos pés; e quando ultrapassamos o raio daquele forte odor de gasolina estávamos de novo levemente conscientes — espasmodicamente — daquele odor ainda mais hediondo e persistente. Depois que o caminho se ramificou a partir de nosso curso anterior, por vezes fazíamos uma varredura furtiva nas paredes com nossa única lanterna; e notávamos em praticamente todos os casos as quase onipresentes esculturas, que, de fato, pareciam constituir a principal expressão estética dos Antigos.

Por volta das nove e meia da noite, ao atravessar um corredor tumular cujo piso em crescente glaciação parecia estar, de alguma forma, abaixo do nível do solo e cujo teto se tornava cada vez mais baixo enquanto avançávamos, começamos a perceber uma forte luz do dia à frente e pudemos desligar nossa lanterna. Aparentemente estávamos chegando ao vasto local circular e não poderíamos estar tão longe do ar da superfície. O corredor terminava num arco surpreendentemente baixo para essas ruínas megalíticas, mas vimos bastante coisa mesmo antes de atravessá-lo. Além dele se estendia um prodigioso espaço redondo — com uns sessenta metros de diâmetro — repleto de detritos e contendo várias arcadas obstruídas semelhantes àquela que estávamos prestes a atravessar. As paredes eram — nos espaços disponíveis — esculpidas ousadamente em uma faixa espiralada de heroicas proporções; e apresentavam, a despeito das intempéries destrutivas que afligiam o local através de seu ponto aberto, um esplendor artístico muito além de qualquer coisa que tenhamos encontrado antes. O chão entulhado estava pesadamente congelado, e imaginamos que o verdadeiro fundo estaria a uma profundidade realmente grande.

Porém o objeto que mais se destacava no local era a titânica rampa de pedra que, evitando as arcadas em uma acentuada curva em direção à laje aberta, subia em espiral até a estupenda parede cilíndrica; um equivalente interior daquela que se erguia no lado de fora das monstruosas torres ou zigurates da antiga Babilônia. A velocidade de nosso voo, bem como a perspectiva que fazia a espiral descendente se confundir com a parede interna da torre, nos impedira de notar essa característica do ar, e fomos obrigados a buscar outra entrada pelo nível subglacial. Pabodie poderia ser capaz de explicar que tipo de engenharia mantinha a torre no lugar, mas Danforth e eu apenas podíamos nos admirar e maravilhar. Aqui e acolá havia poderosos cavaletes e pilares, mas as coisas pareciam inadequadas para a função que realizavam. A construção estava em excepcional condição de preservação até o topo da torre — uma circunstância altamente considerável em vista de sua exposição —, e o abrigo que oferecia protegeu muito bem as bizarras e perturbadoras esculturas cósmicas nas paredes.

Enquanto adentrávamos a incrível meia-luz daquele monstruoso cilindro — com cinquenta milhões de anos de idade e, sem dúvida, a mais primitiva estrutura em que colocamos os olhos — vimos que a rampa se estendia de forma estonteante até uma altura de dezenove metros. Isso, de acordo com o nosso sobrevoo, significava uma glaciação externa de pelo menos uns doze metros de altura; já que o abismo que vimos do avião encimava uma pilha de cantaria desmoronada de aproximadamente seis metros; três quartos de sua circunferência eram, de alguma forma, protegidos por maciças paredes curvas de uma linha mais alta de ruínas. Segundo as esculturas, a torre original ficava no centro de uma imensa praça circular; e tinha talvez cento e cinquenta ou cento e oitenta metros de altura, com fileiras de discos horizontais próximos ao topo e uma linha de pináculos pontiagudos ao longo do aro superior. A maior parte da cantaria obviamente desabou mais para fora do que para dentro — um acontecimento afortunado, pois de outra forma a rampa poderia ter sido despedaçada, obstruindo todo o interior. A rampa, por sua vez, demonstrava um enorme desgaste; enquanto o estado das obstruções fazia parecer que todas as arcadas tinham sido parcialmente liberadas há pouco tempo.

Levou apenas um momento para concluirmos que esse de fato tinha sido o caminho pelo qual os outros haviam descido e que essa seria a rota lógica para a nossa própria subida apesar da longa trilha de papel que deixamos para trás. A entrada da torre não estava mais distante dos sopés e de nosso avião do que a grande construção com terraços por onde entramos, e qualquer exploração subglacial que posteriormente poderíamos realizar naquela viagem se daria, em geral, naquela região. Estranhamente, ainda estávamos pensando sobre possíveis viagens futuras — mesmo após tudo aquilo que vimos e imaginamos. Então, enquanto cautelosamente caminhávamos por entre os destroços do grande piso, surgiu uma visão que, de repente, aboliu todos os outros assuntos.

Um ordenado arranjo de três trenós sobrepostos se encontrava no ângulo mais distante do curso mais baixo e externo projetado pela rampa que tínhamos visto até então. Lá estavam — os três trenós desaparecidos do acampamento de Lake —, danificados por um uso intenso, que deve ter incluído trajetos forçados através de grandes distâncias de cantaria sem neve e repletas de destroços, bem como o transporte por lugares absolutamente intrafegáveis. Encontravam-se amarrados e carregados de maneira cuidadosa e inteligente, e continham coisas bastante familiares — o fogão a gasolina, galões de combustível, caixas de instrumentos, latas de provisões, sacos de lona obviamente cheios de livros e outros objetos menos evidentes —, todas elas pertencentes ao equipamento de Lake. Depois do que havíamos encontrado no outro cômodo, estávamos de certa forma preparados para essa descoberta. O choque realmente grande adveio quando demos um passo à frente e desembrulhamos um dos sacos cujo contorno nos inquietara especialmente. Aparentemente outras pessoas, assim como Lake, tinham se interessado pela coleta de espécimes típicos; pois ali estavam dois deles, ambos rigidamente congelados, perfeitamente preservados, com algumas feridas no pescoço recobertas com bandagens, e enrolados com paciente cuidado para evitar outros danos. Eram os corpos do jovem Gedney e do cão desaparecido.

Muitas pessoas provavelmente nos julgarão insensíveis ou loucos por insistirmos em pensar no túnel ao norte e no abismo logo após nossa sombria descoberta, e eu não estou preparado para dizer que teríamos revivido tais pensamentos imediatamente não fosse uma circunstância específica que recaiu sobre nós, desencadeando uma nova série de especulações. Recolocamos o saco sobre o pobre Gedney e nos encontrávamos em uma espécie de muda estupefação quando os sons finalmente atingiram nossa consciência — os primeiros sons que ouvíamos desde a nossa descida pela abertura onde o vento da montanha gemia sutilmente de suas alturas supraterrenas. Bem conhecidos e mundanos como eram, sua presença nesse remoto mundo de morte era mais inesperada e enervante do que possivelmente seria qualquer tom grotesco ou fabuloso — já que eles deram um novo sentido para todas as nossas noções de harmonia cósmica.

Se ainda fosse algum traço daquele bizarro silvo musical que poderíamos esperar ouvir daquelas criaturas, de acordo com os relatórios de Lake — e que, de fato, nossas fantasias superestimuladas sentiam em cada sopro de vento que ouvimos desde que deixamos o acampamento do horror —, teria havido algum tipo de congruência infernal com aquela região morta há éons que nos cercava. Uma voz de outras épocas pertence ao cemitério de outras épocas. O ruído, no entanto, despedaçou todas as nossas convicções profundamente assentadas — toda a nossa aceitação tácita do interior antártico como um deserto de absoluta e irrevogável ausência de qualquer vestígio de vida normal, como o estéril disco da lua. O que ouvimos não foi a nota fabulosa de qualquer blasfêmia enterrada de uma Terra ancestral, de cuja celestial dureza um sol polar renegado por eras possa ter evocado uma resposta monstruosa. Pelo contrário, era uma coisa tão zombeteiramente normal e tão inegavelmente familiar aos nossos dias no mar na Terra de Vitória e no acampamento no estreito de McMurdo que tremíamos somente de pensá-la aqui, onde tais coisas não deveriam estar. Para ser breve — era simplesmente o grasnado estridente de um pinguim.

O som abafado flutuava dos recessos subglaciais quase opostos ao corredor de onde viemos — de regiões na exata direção do outro túnel no vasto abismo. A presença de uma ave aquática viva nesse local — em um mundo cuja superfície apresentava uma uniforme ausência de vida há eras — só podia levar a uma conclusão; então nossa primeira ideia foi verificar a realidade objetiva do som. Na verdade, ele se repetia; e parecia vir, de tempos em tempos, de mais de uma garganta. Buscando sua fonte, adentramos uma arcada de onde muitos escombros tinham sido removidos; retomando nossa trilha — com um suprimento de papel retirado com curiosa repugnância de um dos sacos presos aos trenós —, deixamos a luz do dia para trás.

Enquanto o solo glacial dava lugar aos entulhos, discernimos algumas curiosas trilhas; e em certo momento Danforth encontrou uma marca distinta cuja descrição seria bastante supérflua. O curso indicado pelos gritos dos pinguins era precisamente aquele que conduzia à boca do túnel mais ao norte, de acordo com nosso mapa e a bússola, e ficamos contentes em descobrir que uma passagem sem ponte ao nível do solo e em direção aos pavimentos subterrâneos parecia desobstruída. O túnel, de acordo com o mapa, deveria começar no subsolo de uma larga estrutura piramidal que, conforme nos recordávamos vagamente de nosso sobrevoo, deveria estar bem preservada. Ao longo do caminho, nossa única lanterna mostrava a costumeira profusão de entalhes, mas não paramos para examinar nenhum deles.

De repente, uma enorme forma branca assomou à nossa frente, e acendemos a segunda lanterna. É estranho como essa nova busca desviou nossas mentes do medo que há pouco sentimos de coisas que poderiam estar nos espreitando nas proximidades. Aqueles outros, tendo deixado os suprimentos na grande construção circular, devem ter planejado retornar após sua jornada em direção ao abismo; contudo, tínhamos descartado todas as precauções relacionadas a eles, como se nunca tivessem existido. Aquela coisa branca e cambaleante possuía quase dois metros de altura, mas percebemos quase imediatamente que não se tratava de um daqueles seres. Eles eram maiores e escuros, e, de acordo com as esculturas, sua movimentação sobre a terra era célere e segura, a despeito da bizarria de seu equipamento tentacular de origem marinha. Mas seria em vão dizer que aquela coisa branca não nos apavorou profundamente. Por um instante, ficamos realmente prisioneiros de um terror primitivo quase mais agudo que o pior de nossos medos racionais em relação aos outros. Então um flash de anticlímax surgiu enquanto a forma branca atravessava furtivamente uma arcada lateral à nossa esquerda para se juntar a dois outros de sua espécie que o conjuravam com seus tons estridentes. Pois era apenas um pinguim — a despeito de ser uma espécie gigantesca, maior do que os mais grandiosos pinguins-reis conhecidos, monstruosa em sua combinação de albinismo e virtual ausência de olhos.

Quando seguimos a coisa até o interior da arcada e voltamos nossas duas lanternas para o indiferente e desatento grupo de três, vimos que nenhum possuía olhos, eram todos albinos e da mesma espécie gigante desconhecida. Seu tamanho nos lembrava alguns dos pinguins arcaicos retratados nas esculturas dos Antigos, e não demorou muito para concluirmos que descendiam da mesma linhagem — sem dúvidas sobreviveram por terem recuado para alguma região interna mais quente cuja escuridão perpétua destruiu sua pigmentação e atrofiou os olhos, tornando-os meras frestas inúteis. Que seu habitat atual era o grande abismo, não foi objeto de dúvida nem por um momento, e essa evidência de que o golfo continuava aquecido e habitável nos encheu das mais curiosas e sutis fantasias.

Questionávamo-nos, também, o que teria levado aquelas três aves a se aventurarem fora de seu domínio ordinário. As condições e o silêncio da grande cidade morta deixavam claro que o lugar não era uma colônia sazonal, enquanto a manifesta indiferença do trio à nossa presença fazia parecer estranho que a passagem do grupo daqueles outros os tenha assustado. Seria possível que eles tenham tomado alguma atitude agressiva ou tentado aumentar seu suprimento de carne? Duvidamos que aquele odor pungente que os cães odiavam tenha causado igual antipatia nos pinguins; seus ancestrais tinham, obviamente, vivido em excelentes termos com os Antigos — uma relação amigável que deve ter sobrevivido no abismo inferior quando ainda restavam alguns dos Antigos. Lamentamos — numa onda daquele velho espírito da ciência pura — não ser possível fotografar tais criaturas anômalas e logo as abandonamos aos seus grasnados e nos colocamos em direção ao abismo cuja abertura estava agora tão positivamente comprovada para nós e cuja direção exata fora evidenciada pelas ocasionais pegadas dos pinguins.

Não muito depois uma descida íngreme num corredor longo, baixo, sem portas ou esculturas nos levou a acreditar que, por fim, estávamos nos aproximando da entrada do túnel. Passamos por mais dois pinguins e ouvimos outros imediatamente à frente. Então, o corredor terminou em um prodigioso espaço aberto que nos fez prender a respiração involuntariamente — um hemisfério perfeitamente invertido, obviamente no profundo subterrâneo; com trinta metros de diâmetro e quinze de altura, e arcadas baixas se abrindo em todas as partes da circunferência, exceto num ponto, que se escancarava cavernosamente, com uma arcada negra que quebrava a simetria da cripta, subindo até uma altura de aproximadamente cinco metros. Era a entrada para o grande abismo.

Nesse vasto hemisfério, cujo teto côncavo era impressionante, ainda que decadentemente entalhado à semelhança do domo celestial primitivo, alguns poucos pinguins cambaleavam — alienados, porém indiferentes e cegos. O túnel negro se abria indefinidamente por uma descida acentuada, adornado com jambas e lintéis grotescamente cinzelados. Vindo daquela boca abobadada, imaginamos ter sentido uma corrente de ar suavemente aquecido e talvez mesmo uma suspeita de vapor; e nos perguntamos que outras entidades vivas, além dos pinguins, o ilimitado vazio abaixo, os alvéolos contíguos da terra firme e as montanhas titânicas poderiam ocultar. Também nos questionávamos se o

traço de fumaça no topo da montanha, como de início suspeitara Lake, bem como a estranha névoa que tínhamos percebido em torno do pico coroado de rampas, não poderiam ter sido gerados pela elevação tortuosamente canalizada de algum vapor oriundo das inconcebíveis regiões do centro da Terra.

Adentrando o túnel, vimos que seu contorno apresentava — ao menos de início — cerca de cinco metros em cada lado; as laterais, o piso e o teto arqueado eram compostos da usual cantaria megalítica. As laterais eram esparsamente decoradas com cartuchos de desenhos convencionais em um estilo tardio e decadente; e toda a construção e os entalhes estavam maravilhosamente bem preservados. O piso estava bem limpo, a não ser por alguns detritos que indicavam a saída dos pinguins e a entrada dos outros. Quanto mais avançávamos, mais subia a temperatura; então logo estávamos desabotoando nossos casacos pesados. Perguntávamo-nos se realmente haveria alguma manifestação ígnea abaixo, e se as águas daquele mar carente de sol seriam quentes. Após uma pequena distância, a cantaria deu lugar a um local de rocha sólida, embora o túnel mantivesse as mesmas proporções e apresentasse os mesmos aspectos regulares. Ocasionalmente suas diferenças de nível eram tão íngremes que sulcos foram abertos no chão. Várias vezes percebemos as bocas de pequenas galerias laterais que não foram apontadas em nossos diagramas; nenhuma delas era capaz de complicar o problema de nosso retorno, e todas se mostraram bem-vindas como possíveis refúgios no caso de encontrarmos entidades indesejadas em seu caminho de volta para o abismo. O odor inominável de tais coisas era bem distinto. Indubitavelmente, era de uma estupidez suicida se aventurar naquele túnel sob as conhecidas circunstâncias, mas a tentação do desconhecido ecoa mais forte em certas pessoas do que a maioria poderia suspeitar — de fato, foi exatamente tal tentação que nos conduzira àquele deserto polar extraterreno. Vimos vários pinguins enquanto passávamos e tentamos calcular a distância que ainda teríamos de atravessar. Os entalhes nos fizeram prever uma abrupta descida de cerca de um quilômetro e meio até o abismo, mas nossas perambulações anteriores mostraram que não devíamos confiar completamente nas escalas dos mapas.

Depois de uns quatrocentos metros o odor inominável se acentuou profundamente, e mantivemos atenção cautelosa nas várias aberturas laterais pelas quais passamos. Não havia sinais de vapor como aquele na entrada, mas isso se devia, sem

dúvida, à ausência de ar mais frio para efeitos de contraste. A temperatura subiu de repente, e não nos surpreendemos quando encontramos um amontoado desleixado de materiais horripilantemente familiares para nós. Era composto de peles e lonas que foram retiradas do acampamento de Lake, mas não nos detivemos para estudar os tecidos, que haviam sido rasgados nas mais bizarras formas. Logo além desse ponto notamos um decisivo aumento no tamanho e no número das galerias laterais e concluímos que a região densamente alveolada abaixo dos sopés mais altos devia ter sido alcançada. O cheiro inominável se misturava agora com outro odor levemente menos ofensivo — de cuja natureza não conseguíamos suspeitar, ainda que tenhamos pensado em organismos em decomposição e talvez algum fungo subterrâneo desconhecido. Então surgiu uma impressionante expansão do túnel para a qual os entalhes não nos haviam preparado — uma caverna de natural aparência elíptica ao nível do solo, mais larga e elevada; com cerca de vinte metros de comprimento e quinze de largura, além de várias passagens laterais que conduziam às trevas crípticas.

Apesar de natural em sua aparência, uma inspeção na caverna com ambas as lanternas sugeria que o lugar fora formado pela destruição artificial de várias paredes entre os alvéolos adjacentes. As paredes eram rústicas, e o elevado teto tumular, repleto de estalactites; mas o piso de rocha sólida havia sido polido e se encontrava livre de destroços, de detritos ou mesmo pó, em uma extensão absolutamente anormal. Exceto pelo caminho por onde viemos, essa condição também se aplicava ao piso de todas as grandes galerias que se abriam a partir dali; e a singularidade dessa condição era tal que nos pusemos a elucubrar em vão. O novo odor curioso que se somava ao cheiro inominável estava excessivamente pungente aqui; tanto que eliminou qualquer traço do outro. Algo sobre aquele lugar, com seu chão polido e quase brilhante, pareceu-nos mais desconcertante e horrível do que qualquer uma das coisas monstruosas que tínhamos encontrado anteriormente.

A regularidade da passagem imediatamente à nossa frente, bem como a maior proporção de excrementos de pinguim, impediram qualquer confusão a respeito do curso certo a se tomar em meio àquela pletora de bocas de grutas iguais em tamanho. Contudo, resolvemos retomar nossa trilha de papel caso alguma complexidade surgisse; já que não podíamos mais, é claro, contar com pegadas. Ao retomar nossa caminhada direta lançamos um facho da lanterna sobre as paredes do túnel — e nos detivemos brevemente maravilhados diante da radical mudança suprema que assomava dos entalhes nessa parte da passagem. Percebemos, obviamente, a grande decadência das esculturas dos Antigos na época da escavação dos túneis; e notamos também o trabalho inferior das faixas de arabescos atrás de nós. Mas agora, naquela seção mais profunda além da caverna, surgiu uma repentina divergência que transcendeu completamente qualquer explicação — uma diferença de natureza básica e também de simples qualidade, envolvendo de forma tão profunda e calamitosa uma degradação de habilidades que nada na extensão do declínio até então observado poderia nos levar a esperar por aquilo.

Esse novo e degenerado trabalho era grosseiro, ousado e completamente carente de refinamento de detalhes. Eram relevos de profundidade exagerada em faixas que seguiam a mesma linha que os cartuchos esparsos das seções anteriores, mas a altura dos relevos não atingia o nível da superfície geral. Danforth levantou a hipótese de que poderia se tratar de um segundo entalhe — uma espécie de palimpsesto formado após a obliteração de um desenho prévio. Sua natureza era completamente decorativa e convencional; e consistia de cruas espirais e ângulos que seguiam toscamente o quintil da tradição matemática dos Antigos, ainda que se parecessem mais com uma paródia do que com a perpetuação dessa tradição. Não conseguíamos tirar de nossas mentes que um sutil, embora profundo, elemento alienígena fora adicionado ao sentimento estético que a técnica envolvia — um elemento alienígena, Danforth sugeriu, responsável por aquela substituição manifestamente laboriosa. Assemelhava-se — ainda que fosse perturbadoramente diferente — com o que reconhecíamos ser a arte dos Antigos; e eu era lembrado persistentemente de iguais coisas híbridas, tais como as desajeitadas esculturas palmirenas feitas ao estilo romano. Uma bateria de lanterna no chão, em frente a um dos desenhos mais característicos, nos sugeriu que os outros poderiam ter recentemente observado aquele cinturão de entalhes.

Como não pudemos empenhar um tempo considerável em estudos, retomamos nosso avanço após uma observação perfunctória; ainda que frequentemente iluminássemos as paredes para checar se algumas mudanças decorativas ulteriores haviam se desenvolvido. Nada do tipo se notou, embora os entalhes estivessem agora mais esparsos por causa das numerosas entradas de túneis laterais cujos pisos haviam sido polidos. Vimos e ouvimos alguns poucos pinguins, apesar de termos captado uma

Outra vez atinjo um ponto a partir do qual é muito difícil prosseguir. Já deveria estar mais indiferente agora; mas existem certas experiências e sugestões que cicatrizam fundo demais para permitir uma cura completa, deixando apenas alguma sensibilidade para que a memória inspire novamente todo o horror original. Como eu disse, vimos algumas obstruções no chão polido diante de nós; e devo adicionar que nossas narinas foram assaltadas quase que simultaneamente por uma intensificação muito curiosa do estranho odor preponderante, agora bem misturado ao indefinível miasma daqueles outros que nos precederam. A luz da segunda lanterna não deixou dúvidas em relação ao que poderiam ser as obstruções, e ousamos nos aproximar delas apenas porque percebemos, mesmo à distância, que eram incapazes de nos prejudicar, pois eram tão inofensivas quanto os seis espécimes similares que haviam sido desenterrados das monstruosas covas no acampamento do infeliz Lake.

Estavam, de fato, tão incompletos quanto a maioria daqueles que desenterramos — embora a espessa poça verde-escura que se formava ao redor deixasse evidente que sua incompletude era infinitamente mais recente. Parecia haver apenas quatro deles, o que contrastava com os relatórios de Lake, que nos levaram a supor que o grupo que nos precedeu seria formado por pelo menos oito dessas criaturas. Encontrá-los naquele estado foi completamente inesperado, e imaginamos que tipo de luta monstruosa poderia ter ocorrido naquela escuridão subterrânea.

Pinguins, quando atacados em conjunto, retaliam selvagemente com seus bicos; e nossos ouvidos confirmavam agora a existência de uma colônia distante. Teriam aqueles outros perturbado tal colônia, despertando um impulso assassino? As obstruções não sugeriam isso, já que bicos de pinguins contra os rígidos tecidos que Lake dissecara dificilmente poderiam causar um dano tão terrível, conforme pudemos perceber após uma observação mais atenta. Ademais, as enormes aves que vimos pareciam ser singularmente pacíficas.

Teria havido, então, uma luta entre aqueles outros e os quatro ausentes seriam os responsáveis? Em caso positivo, onde eles estariam? Estariam próximos e poderiam representar uma ameaça imediata contra nós? Olhamos ansiosamente para algumas das passagens laterais enquanto continuávamos nossa lenta e francamente relutante aproximação. Qualquer que tenha sido o conflito, certamente foi isso o que aterrorizou os pinguins e iniciou aquele perambular inabitual. A coisa, então, deve ter começado perto da colônia quase inaudível na garganta insondável mais além, pois não havia sinais de que alguma ave tenha habitado aquele local. Talvez, refletimos, houvera uma hedionda luta durante uma fuga, e a parte mais fraca possivelmente tentara alcançar os trenós amontoados quando seus perseguidores acabaram com eles. Podíamos imaginar o atrito demoníaco entre entidades inomináveis e monstruosas surgindo do abismo de trevas com grandes nuvens de pinguins frenéticos grasnando e cambaleando adiante.

Digo que nos aproximamos daquelas obstruções incompletas e espalhadas lenta e relutantemente. Quisera os céus que nunca tivéssemos nos aproximado deles afinal, mas abandonado o mais rápido possível o blasfemo túnel com seus pisos escorregadios e murais degenerados troçando e zombando das coisas que haviam suplantado — voltar, antes de ter visto o que vimos, antes que nossas mentes ardessem com algo que nunca mais nos deixaria respirar aliviados!

Ambas as lanternas estavam direcionadas para os objetos prostrados, de forma que logo percebemos o fator dominante em sua incompletude. Mutilados, esmagados, retorcidos e rasgados como estavam, todos tinham em comum uma completa decapitação. De cada um deles, a cabeça tentacular em formato de estrela-do-mar tinha sido removida; e enquanto nos aproximávamos vimos que a forma de remoção teria sido mais provavelmente uma dilaceração infernal ou sucção que qualquer forma ordinária de clivagem. O nauseabundo icor verde-escuro formava uma grande poça que se espalhava; mas seu miasma fora meio obliterado por um novo e ainda mais estranho odor, mais pungente naquele local que em qualquer outro ponto de nossa rota. Apenas quando chegamos muito perto das obstruções estiradas é que fomos capazes de associar o segundo e inexplicável fedor a uma fonte imediata — e no instante em que fizemos isso, Danforth, relembrando certas esculturas muito vívidas da história dos Antigos no período Permiano de cento e cinquenta milhões de anos atrás, pronunciou um grito de nervos torturados que ecoou histericamente pela críptica e arcaica passagem entalhada com aquele maligno palimpsesto.

Estive a um átimo de ecoar eu mesmo o seu grito; porque eu também vi aquelas esculturas primais e me arrepiei, admirado pela maneira como o artista inominável sugerira aquele hediondo lodo que encontramos em alguns dos incompletos e prostrados Antigos — aqueles que os horrendos shoggoths haviam caracteristicamente matado e sugado até uma decapitação atroz na grande guerra que subjugou a todos novamente. Eram esculturas infames e pesadelares, ainda que se referissem a coisas de outrora; pois os shoggoths e seu trabalho não deveriam ser vistos por seres humanos ou retratados por nenhuma outra espécie. O louco autor do *Necronomicon* tentou jurar, nervosamente, que nenhum deles fora parido neste planeta e que apenas drogados sonhadores poderiam tê-los concebido. Protoplasmas amorfos capazes de imitar e assumir todas as formas, órgãos e processos — viscosas aglutinações de células túrgidas — borrachudos esferoides com quase cinco metros de diâmetro infinitamente plásticos e dúcteis — escravos da sugestão, construtores de cidades — mais e mais intratáveis, mais e mais inteligentes, mais e mais anfíbios, mais e mais imitativos — Grande Deus! Que loucura teria levado aqueles blasfemos Antigos a usar e retratar tais coisas?

E agora, quando Danforth e eu vimos o brilho novo e a refletividade iridescente do visco escuro que pingava espesso daqueles corpos decapitados, emitindo aquele odor obsceno cuja causa apenas uma imaginação doentia poderia conceber... grudando-se àqueles corpos e reluzindo com menos intensidade em uma parte lisa da parede amaldiçoadamente reesculpida em *uma série de pontos agrupados* —, nós pudemos compreender a qualidade do medo cósmico em sua mais extrema profundidade. Não era medo daqueles outros quatro que desapareceram — pois, após ponderarmos, suspeitávamos que eles não machucariam mais ninguém. Pobres-diabos! No fim das contas, eles não eram criaturas malévolas. Eram apenas homens de outra época e de outra ordem do ser. A natureza lhes havia pregado uma peça infernal — como pregará em quaisquer outros cuja loucura humana, insensatez e crueldade os arrastem para aquele hediondo e morto deserto de sono polar —, e tal foi sua trágica volta para casa. Não foram sequer selvagens — pois o que realmente tinham feito? O terrível despertar no frio de uma época desconhecida — talvez um ataque por parte dos quadrúpedes peludos que latiam freneticamente, e uma defesa confusa contra esses animais e os igualmente frenéticos símios brancos com a estranha cobertura e parafernália... pobre Lake,

pobre Gedney... e pobres Antigos! Cientistas até o fim — o que eles fizeram que não teríamos feito em seu lugar? Deus, quanta inteligência e persistência! Como encararam o inacreditável, como seus parentes e antepassados das cavernas encararam coisas apenas um pouco menos inacreditáveis! Radiários, vegetais, monstruosidades, crias estelares — o que quer que tenham sido, eram homens!

Eles atravessaram os picos gelados, em cujos templos um dia cultuaram, e perambularam entre as samambaias. Encontraram sua cidade morta aninhada sob sua maldição e leram sobre seus últimos dias nas cavernas, como nós fizemos. Tentaram alcançar seus companheiros vivos em um abismo fabuloso de escuridão que nunca haviam visto — e o que encontraram? Tudo isso percorreu em uníssono nossos pensamentos enquanto desviávamos o olhar daquelas formas decapitadas cobertas de visco para as odiosas esculturas no palimpsesto e então em direção aos grupos diabólicos de pontos com o visco ainda fresco na parede próxima — olhamos e compreendemos o que deve ter triunfado e sobrevivido ali, naquela ciclópica cidade aquática do noturno abismo repleto de pinguins, de onde, mesmo agora, uma sinistra névoa ondulada era vomitada como se em resposta aos histéricos gritos de Danforth.

dade monstruosa e acéfala nos congelou até nos transformar em estátuas imóveis e mudas, e apenas por meio de conversas posteriores é que fomos capazes de compreender a completa identidade de nossos pensamentos naquele momento. Parecia que estávamos ali há éons, mas na verdade não podem ter se passado mais de dez ou quinze segundos. Aquela névoa odiosa e pálida se ondulava adiante como se impelida por alguma massa mais remota em movimento — e então ouvimos um som que perturbou muitas das decisóes que já havíamos tomado, quebrando o feitiço que nos paralisava e permitindo que corrêssemos como loucos, ultrapassando os confusos pinguins grasnadores em direção ao nosso caminho de volta para a cidade, atravessando megalíticos corredores cobertos de gelo até o grande círculo aberto e enfim aquela rampa arcaica espiralada, num frenético impulso automático em direção ao sadio ar exterior e rumo à luz do dia.

O novo som, como já declarei, desestabilizou muito do que havíamos decidido; porque era aquele que a dissecação do pobre Lake nos levara a atribuir aos seres recentemente dados como mortos. Era, Danforth depois me contou, precisamente o som que ele captara em uma forma infinitamente mais abafada naquele ponto além do beco recurvado acima do nível glacial; e certamente se assemelhava muito aos assovios do vento que ambos ouvimos ao redor das altas cavernas nas montanhas. Correndo o risco de ser pueril, digo mais; e isso em virtude da forma surpreendente com que a impressão de Danforth coincidiu com a minha. Obviamente foi uma leitura em comum o que nos preparou para uma interpretação desse tipo, embora Danforth tenha sugerido algumas estranhas ideias a respeito das fontes insuspeitas e proibidas às quais Poe possa ter tido acesso enquanto escrevia, um século atrás, seu *Arthur Gordon Pym*. É de se lembrar que, naquele conto fantástico, é citada uma palavra de desconhecido, embora terrível e prodigioso, significado, um termo ligado à Antártida e eternamente gritado pelas gigantes e espectrais aves nevadas do centro daquela região maligna. "*Tekeli-li! Tekeli-li!*"[2] Isso, eu admito, foi exatamente o que pensamos ter ouvido naquele repentino som atrás da névoa branca que avançava — aquele insidioso assovio musical em uma frequência singularmente extensa.

Já estávamos correndo a toda velocidade antes que três notas ou sílabas tivessem sido emitidas, mas, tendo em vista a destreza dos Antigos, nós sabíamos que qualquer sobrevivente da matança que tivesse sido despertado pelo grito seria capaz de nos alcançar em um momento se assim desejasse. Tínhamos, contudo, a vaga esperança de que uma conduta não agressiva e uma demonstração de racionalidade semelhante à deles pudesse levar tal criatura a nos poupar em caso de captura; mesmo que apenas por curiosidade científica. Afinal de contas, caso não houvesse motivo para temer, não haveria motivo para nos ferir. Como qualquer tentativa de nos escondermos seria inútil naquela conjuntura, utilizamos nossa lanterna para um rápido vislumbre às nossas costas e percebemos que a neblina se espessava cada vez mais. Veríamos, finalmente, um espécime vivo e completo daqueles outros? Novamente ouvimos aquele insidioso assovio musical — "*Tekeli-li! Tekeli-li!*". Então, notando que estávamos de fato superando nosso perseguidor, ocorreu-nos que a entidade poderia estar ferida. Não poderíamos nos arriscar, entretanto, já que obviamente ela estava se aproximando em resposta ao grito de Danforth, e não para fugir de qualquer outra criatura. Os instantes estavam próximos demais para admitir qualquer dúvida. Quanto à localização do pesadelo menos concebível e menos mencionável — aquela fétida e opaca montanha de viscoso protoplasma cuja raça conquistara o abismo e enviara os pioneiros à terra para reesculpir e se contorcer pelos buracos dos montes —, não podíamos conjecturar; e abateu-se sobre nós uma genuína angústia por sermos obrigados a abandonar aquele Antigo provavelmente ferido — talvez o único sobrevivente — ao risco de ser recapturado e entregue a um destino inominável.

Graças aos céus não diminuímos nossos passos. A névoa ondulada ficou espessa novamente e avançava com crescente velocidade; enquanto os dispersos pinguins à nossa retaguarda grasnavam e berravam, demonstrando sinais de um pânico realmente surpreendente em vista da relativa quietude que demonstraram quando passamos por eles. Uma vez mais se fez ouvir o sinistro silvo de alta frequência — "*Tekeli-li! Tekeli-li!*". Estávamos equivocados. A coisa não estava ferida, mas simplesmente se detivera quando encontrou os corpos dos seus semelhantes e a inscrição infernal de visco acima deles. Nós jamais soubemos o que aquela demoníaca mensagem significava — mas aqueles enterros no acampamento de Lake demonstravam a grande importância que os seres atribuíam aos seus mortos. Nossa lanterna usada de maneira imprudente revelava logo à frente a caverna de larga abertura por onde vários caminhos convergiam, e estávamos felizes de deixar aquelas mórbidas esculturas em palimpsesto — as quais quase podíamos sentir, embora estivessem pouco visíveis — para trás.

Outro pensamento que a chegada à caverna inspirou foi a possibilidade de despistar nosso perseguidor na junção confusa das largas galerias. Havia muitos dos vários pinguins albinos cegos no espaço aberto, e nos parecia que seu pavor em relação àquela entidade era tão extremo que chegava a ser inexplicável. Se naquele ponto diminuíssemos a luz de nossa lanterna apenas o suficiente para enxergar a passagem, mantendo o facho estritamente à nossa frente, os horríveis movimentos grasnantes das grandes aves na névoa poderiam abafar nossas passadas, encobrindo nosso curso verdadeiro e de alguma forma lançando uma falsa pista. Em meio à neblina turbulenta e ondulante, o piso entulhado e baço do túnel principal além desse ponto, diferente de outras grutas morbidamente polidas, dificilmente poderia compor uma forma distinguível; mesmo para, até onde podíamos conjecturar, aqueles sentidos especiais que tornaram os Antigos parcialmente, ainda que imperfeitamente, independentes da luz em caso de emergência. De fato, estávamos um tanto apreensivos com a possibilidade de perder o caminho em nossa pressa. Pois tínhamos, é claro, decidido manter a direção até a cidade morta, já que as consequências de se perder naqueles sopés alveolares e desconhecidos seriam inimagináveis.

2   O grito também é um elemento retirado da obra
    A Narrativa de Arthur Gordon Pym, de Edgar Allan Poe.

de que a coisa escolheu uma galeria errada enquanto nós, providencialmente, escolhemos a correta. Sozinhos, os pinguins não poderiam nos salvar, mas, com a névoa, parece que assim o fizeram. Apenas um fado bendito manteve os ondulosos vapores espessos o bastante no momento certo, já que eles mudavam constantemente e ameaçavam esvaecer. De fato, eles se dissiparam por um segundo logo depois de atravessarmos o túnel nauseantemente reesculpido em direção à caverna; assim, em verdade, captamos um primeiro e único relance da entidade iminente enquanto lançávamos uma mirada desesperadamente temerosa para trás antes de diminuir a luz da lanterna e nos misturar aos pinguins na esperança de despistar o perseguidor. Se foi benigno o destino que nos acobertou, aquele que nos permitiu esse relance se mostrou infinitamente oposto; pois àquele vislumbre podemos atribuir uma boa parte do horror que desde então nos assombra.

O que exatamente nos levou a olhar para trás foi o instinto imemorial do perseguido de avaliar a natureza e o curso de seu perseguidor; ou talvez tenha sido uma tentativa involuntária de responder alguma questão subconsciente levantada por um de nossos sentidos. Em meio à nossa fuga, com todas as nossas faculdades centradas nas maneiras de escapar, não estávamos em condições de observar e analisar detalhes; ainda assim, nossas células cerebrais latentes devem ter se questionado a respeito da mensagem que receberam através de nossas narinas. Por fim, compreendemos do que se tratava — uma vez que nosso afastamento do revestimento viscoso daquelas obstruções acéfalas e a coincidente aproximação da entidade perseguidora não trouxeram a mudança de odores logicamente esperada. Na vizinhança das coisas prostradas, aquele fedor novo e inexplicável tinha predominado; mas agora deveria ter dado lugar à fedentina inominável associada àqueles outros. Tal não ocorreu — pelo contrário, o novo e menos suportável cheiro era virtualmente homogêneo e se tornava mais e mais insistente a cada segundo.

Então olhamos para trás — simultaneamente, ao que parece; embora não haja dúvidas de que o incipiente movimento de um impulsionou a imitação do outro. Enquanto assim fazíamos, apontamos ambas as lanternas em potência máxima para a névoa momentaneamente enfraquecida; isso se deu por pura ansiedade primitiva de ver qualquer coisa que pudéssemos, ou por um menos primitivo, embora igualmente inconsciente, esforço de confundir a entidade antes de diminuir a luz das lanternas e seguirmos por entre os pinguins que estavam no centro do labirinto adiante. Ato infeliz! Nem o próprio Orfeu, ou a mulher de Lot, pagaram mais caro por ter olhado para trás. E novamente ouvimos o assovio chocante e em alta frequência — "*Tekeli-li! Tekeli-li!*".

Posso pelo menos ser franco — embora não suporte a ideia de ser muito direto — ao afirmar o que vimos; embora, naquele momento, sentíamos que não seríamos capazes de admitir nem mesmo um para o outro. As palavras que agora alcançam o leitor nunca serão capazes de sequer sugerir a atrocidade da visão em si. Nossa consciência foi tão completamente maculada que me pergunto como foi possível ter restado bom senso para diminuirmos nossas lanternas como planejado e então atravessarmos o túnel certo em direção à cidade morta. Fomos tão somente carregados pelo instinto — talvez melhor do que a razão poderia ter feito; ainda que essa tenha sido a nossa salvação, pagamos um alto preço. Certamente não nos restava muita razão.

Danforth estava totalmente debilitado, e a primeira coisa que me lembro do resto da viagem foi ouvi-lo entoar, delirantemente, uma fórmula histérica na qual apenas eu, entre toda a humanidade, seria capaz de identificar algo além de insana irrelevância. Reverberava, em ecos falseados, entre o grasnar dos pinguins; reverberava através das abóbadas à frente e — graças a Deus — através das abóbadas agora vazias atrás de nós. Ele não poderia ter começado aquilo imediatamente — senão não estaríamos vivos e correndo cegamente. Estremeço ao pensar o que uma sombra de diferença em suas reações nervosas poderia ter ocasionado.

"South Station — Washington — Park Street — Kendall — Central — Harvard..." O pobre coitado entoava as familiares estações do túnel Boston-Cambridge escavadas em nossa pacífica terra natal a milhares de quilômetros dali, na Nova Inglaterra, ainda que para mim o ritual não tivesse nada de irrelevante nem trouxesse o conforto do lar. Havia apenas o horror, porque eu conhecia precisamente a monstruosa e nefanda analogia que o cântico sugeria. Ao olhar para trás, esperávamos ver, caso a névoa estivesse dispersa o suficiente, uma terrível e inacreditável entidade se movendo; mas daquela entidade havíamos formado uma clara ideia. O que vimos — pois a névoa estava de fato malignamente fina — foi algo totalmente diferente e imensuravelmente mais hediondo e detestável. Tratava-se da incorporação absoluta e objetiva da "coisa que não deveria ser" do novelista fantástico; e a imagem análoga mais próxima do compreensível seria a de um enorme trem de metrô, tal como pode ser visto em sua plataforma na estação — a grande fronte negra assomando colossalmente de uma infinita distância subterrânea, constelada por estranhas luzes coloridas e preenchendo o prodigioso túnel como um pistão preenche um cilindro.

Mas não estávamos em uma plataforma de estação. Estávamos nos trilhos mais adiante, enquanto a *marônica*[3] coluna plástica de negra iridescência escorria firmemente, lançando-se para a frente sobre seu sínus de quase cinco metros, reunindo uma velocidade blasfema e comandando à sua frente uma nuvem em espiral de espesso e pálido vapor abissal. Era uma coisa terrível, indescritível, maior que qualquer trem — um acúmulo informe de bolhas protoplasmáticas, tenuemente autoluminosas, e uma miríade de olhos temporários que se formavam e se deformavam como pústulas de luz esverdeada, tomando toda a fronte que preenchia o túnel e disparava atrás de nós, esmagando os pinguins frenéticos e deslizando sobre o piso reluzente que aquela coisa e sua laia haviam deixado tão malignamente livre de entulhos. E ainda podíamos ouvir o perturbador grito zombeteiro — *"Tekeli-li! Tekeli-li!"*. Por fim, recordamos que os demoníacos shoggoths — cuja vida, pensamento e o padrão plástico dos órgãos foram atribuídos pelos Antigos, e que não possuíam linguagem a não ser aquela expressa pelos grupos de pontos — *tampouco tinham voz, salvo pelos tons imitados de seus mestres de outrora.*

---

3   Para referenciar o uso do termo *nightmare* como adjetivo
    por Lovecraft, optamos por um neologismo, empregando o
    radical germânico *maron*, que deu origem ao termo.

XII

Danforth eu guardamos lembranças do momento em que emergimos no grande hemisfério repleto de esculturas, refazendo então nossa trilha através dos salões ciclópicos e corredores da cidade morta; embora sejam puramente fragmentos oníricos que não envolvam memória ou volição, detalhes ou empenho físico. Era como se flutuássemos em um mundo nebuloso ou numa dimensão sem tempo, causa ou orientação. A fraca luminosidade acinzentada do dia que irradiava no vasto espaço circular de alguma forma nos deixou sóbrios; mas não nos aproximamos daqueles trenós amontoados nem olhamos novamente para o pobre Gedney e o cão. Tinham eles um estranho e titânico mausoléu, e eu espero que o fim deste planeta os encontre ainda imperturbados.

Foi enquanto enfrentávamos a colossal inclinação espiralada que primeiro sentimos a terrível fadiga e falta de ar causadas pela nossa corrida através do platô de atmosfera rarefeita; mas nem mesmo o receio de um colapso poderia nos fazer parar antes de atingir o normal domínio exterior de sol e céu. Havia algo vagamente apropriado em nossa partida daquelas épocas enterradas; pois enquanto abríamos nosso caminho arquejante pelo cilindro de vinte metros de cantaria primordial vislumbramos ao nosso lado uma procissão contínua de esculturas heroicas que guardavam o estilo das técnicas iniciais e ainda não decadentes da raça extinta — uma despedida dos Antigos, escrita há cinquenta milhões de anos.

Quando finalmente desembocamos no topo, nos encontramos sobre um grande amontoado de blocos tombados; as paredes curvas de alta cantaria se elevavam a oeste, e os reconfortantes picos das grandes montanhas surgiam além de outras estruturas demolidas na direção leste. O baixo sol antártico da meia-noite mirava rubro do horizonte sulista, atravessando as fendas nas ruínas entalhadas, e a idade terrível e a mortificação da cidade marônica pareciam ainda mais marcantes em contraste com coisas relativamente conhecidas e costumeiras como as formas da paisagem polar. O céu acima de nós era uma massa turbulenta e opalescente de tênues vapores de gelo, e o frio se entranhava em nossos órgãos vitais. Exaustos, descansamos as mochilas de equipamentos às

quais nos tínhamos agarrado instintivamente durante nossa fuga desesperada e reabotoamos nossas indumentárias, preparando-nos para a estonteante descida do monte e para a caminhada através do labirinto de pedra de éons de idade até os sopés onde nosso avião aguardava. Nada dissemos a respeito daquilo que nos pôs a fugir da escuridão das secretas e arcaicas goelas da Terra.

Em menos de um quarto de hora encontramos um aclive para os sopés — provavelmente o terraço antigo —, pelo qual descemos, e então pudemos ver o volume escuro de nosso grande avião em meio às ruínas esparsas na encosta que se erguia adiante. Na metade da subida até nossa meta paramos para uma momentânea tomada de ar e nos voltamos para olhar novamente em direção ao fantástico emaranhado paleógeno de incríveis formas em pedra abaixo de nós — mais uma vez delineado misticamente contra o oeste desconhecido. Enquanto isso vimos que o céu além perdera sua nebulosidade matinal; e os incansáveis vapores de gelo subiram até o zênite, onde seus contornos zombeteiros pareciam a ponto de formar algum padrão bizarro que temiam tornar definido ou conclusivo.

Jazia agora, revelada na brancura absoluta do horizonte por trás da grotesca cidade, uma linha difusa e élfica de pináculos violeta cujas alturas pontiagudas assomavam oniricamente contra o aceno róseo do céu ocidental. Em direção a esse arco cintilante inclinava-se o antigo platô tabular, e o profundo curso do rio de outrora atravessava-o como um irregular laço de sombra. Por um segundo suspiramos em admiração à beleza extraterrenamente cósmica da cena, e então um vago horror começou a rastejar em nossas almas. Pois aquela distante linha violeta não poderia ser nada mais que as terríveis montanhas da terra proibida — os mais altos picos da Terra e o local de concentração da maldade terrena; hospedeiros de horrores inomináveis e segredos arqueanos; evitados e louvados por aqueles que temem escavar seu significado; inexplorados por qualquer coisa viva na Terra, mas visitados pelos relâmpagos sinistros e enviando estranhos raios através das planícies na noite polar — sem dúvida o arquétipo desconhecido daquela temível Kadath no Deserto Gelado além do abominável Leng, mencionado de maneira evasiva por lendas primevas. Éramos os primeiros humanos a contemplá-los — e peço a Deus que sejamos os últimos.

Se os mapas esculpidos e as imagens da cidade pré-humana disseram a verdade, aquelas crípticas montanhas violeta não podiam estar a menos de quinhentos quilômetros de distância; não obstante, sua essência diáfana e élfica encimava aquele arco remoto e nevado, como a extremidade serrilhada de um monstruoso planeta alienígena prestes a se erguer em céus inabituais. Sua altura, então, devia ser tremenda, além de qualquer comparação — levando-as a camadas de tênue atmosfera povoadas por gases espectrais aos quais aviadores imprudentes dificilmente poderiam sobreviver para contar após quedas inexplicáveis. Olhando para elas, pensei nervosamente em certas sugestões esculpidas daquilo que o grande rio de outrora teria levado até a cidade a partir de suas encostas malditas — e me perguntei quanto bom senso e quanta loucura residira nos medos daqueles Antigos que as entalharam tão discretamente. Relembrei que seu extremo setentrional devia estar próximo da costa da Terra da Rainha Mary, onde, naquele momento, a expedição de Sir Douglas Mawson sem dúvida trabalhava, a pouco mais de um quilômetro e meio de distância; e espero que nenhum fado maligno forneça a Sir Douglas e a seus homens um vislumbre do que pode estar além do alcance protegido da cordilheira litorânea. Tais pensamentos davam uma medida de minha condição geral naquele momento — e Danforth parecia estar ainda pior.

Mesmo antes de ultrapassarmos a grande ruína em forma de estrela e alcançar nosso avião, nossos medos se transferiram para a menor, embora suficientemente vasta, cordilheira cuja travessia novamente se antecipava. Daqueles sopés, as negras encostas incrustadas de ruínas se empinavam resoluta e hediondamente contra o leste, lembrando-nos mais uma vez daquelas estranhas pinturas asiáticas de Nikolai Rerikh; e quando pensamos nos alvéolos execráveis em seu interior, e nas horríveis entidades amorfas que podem ter traçado seu fétido e retorcido caminho até os mais altos pináculos ocos, não podíamos encarar sem pânico o prospecto de sobrevoar novamente aquelas sugestivas bocas de caverna voltadas para o céu, onde o vento soprava como um maligno assovio musical em alta frequência. Para piorar tudo, vimos distintos traços da névoa local em torno de vários cumes — como deve ter visto o pobre Lake quando inicialmente cometera seu equívoco em relação ao vulcanismo da região — e pensamos, temerosos, naquela névoa semelhante da qual tínhamos acabado de escapar; nela e no abismo blasfemo que aninhava horrores e que era a fonte de tais vapores.

Estava tudo bem com o avião, e vestimos desajeitadamente nossas peles mais pesadas para o voo. Danforth deu a partida no motor sem maiores problemas, e fizemos uma decolagem bem suave sobre a cidade marônica. Abaixo de nós, a ciclópica cantaria primitiva se espalhava da mesma forma de quando a vimos pela primeira vez — em um tempo tão recente, ainda que infinitamente distante —, e começamos a subir e manobrar a fim de testar o vento para a travessia do desfiladeiro. Em um nível bem alto deve ter havido grande turbulência, já que as nuvens de pó de gelo do zênite faziam todo tipo de coisas fantásticas; porém, a mais de sete quilômetros, a altura que precisávamos para a travessia, encontramos a navegação bem praticável. Enquanto nos aproximávamos dos picos protuberantes o estranho silvo do vento novamente se tornou manifesto, e pude ver as mãos de Danforth trêmulas nos controles. Embora fosse um amador, pensei que naquele momento eu poderia ser um navegador melhor do que ele ao efetuar a perigosa travessia entre os pináculos; e quando me movi para trocar de assentos e assumir sua tarefa, não houve protestos. Tentei preservar toda a minha habilidade e

autocontrole e fitei o setor de céu avermelhado entre as paredes do desfiladeiro — recusando-me resolutamente a prestar atenção nas lufadas de vapor no topo das montanhas e desejando possuir tampões de ouvido como os de Ulisses na Ilha das Sereias para afastar aquele perturbador vento sibilante de minha consciência.

Mas Danforth, livre da pilotagem e preso a uma perigosa tensão nervosa, era incapaz de ficar quieto. Percebia-o se retorcendo e se contorcendo enquanto olhava para trás, em direção à terrível cidade que se afastava; adiante, as cavernas enigmáticas e picos tomados por cubos; ao lado, o ermo mar de sopés enevoados cobertos de muralhas; e acima, o céu fervilhante, grotescamente nublado. Foi então, justamente quando tentava guiar com segurança através do desfiladeiro, que seu tremor enlouquecido quase nos conduziu a um desastre ao desmantelar meu frágil autodomínio, fazendo-me tatear desamparadamente os controles por um momento. Um segundo depois minha resolução triunfou e concluímos incólumes a travessia — embora eu tema que Danforth nunca mais será o mesmo.

Já disse que Danforth se recusara a falar sobre aquele último horror que o fez gritar tão insanamente — um horror que, tenho penosa certeza, é o principal responsável por seu atual colapso. Conversamos intercaladamente, aos berros, tentando vencer o assovio do vento e o rosnar do motor, enquanto atingíamos o lado seguro da cordilheira e descíamos lentamente em direção ao acampamento, mas falamos sobretudo a respeito dos votos de sigilo que fizemos quando nos preparávamos para deixar a cidade de pesadelos. Certas coisas, concordamos, não poderiam ser conhecidas e tampouco discutidas pelas pessoas — e eu não estaria falando a respeito delas agora, não fosse a necessidade de desestimular a expedição Starkweather-Moore, e outras, a qualquer custo. É absolutamente necessário, em nome da paz e da segurança da humanidade, que alguns cantos caliginosos e mortos da Terra e certas profundezas insondáveis sejam deixados em paz; de outra forma, as anormalidades adormecidas podem acordar para uma vida ressurgente, e pesadelos de blasfema sobrevivência poderão se retorcer e ascender de seus covis assombrosos rumo a novas e maiores conquistas.

Danforth apenas sugeriu que o último horror fora uma miragem. Não era, declarou ele, nada ligado aos cubos e cavernas dos ecoantes, vaporosos e vermiformes alvéolos das montanhas da loucura que atravessamos; mas um único, fantástico e demoníaco vislumbre, entre as turbulentas nuvens do zênite, do que jazia lá atrás, naquelas outras montanhas violeta no ocidente que os Antigos evitaram e temeram. É bem provável que a coisa tenha sido uma simples ilusão nascida da angústia que havíamos experimentado e da verdadeira, porém irreconhecível, miragem da morta cidade transmontana que presenciamos nos arredores do acampamento de Lake no dia anterior; mas era tão real para Danforth que ele ainda sofre seus efeitos.

Em raras ocasiões ele sussurrava coisas desconjuntadas e irresponsáveis sobre "o fosso negro", "o círculo entalhado", "proto-shoggoths", "os sólidos sem janelas com cinco dimensões", "o cilindro inominável", "os faróis ancestrais", "Yog-Sothoth", "a geleia branca primordial", "a cor que veio do espaço", "as asas", "os olhos no escuro", "a escadaria para a lua", "o original, o eterno, o imortal", e outras concepções bizarras; mas quando voltava a si repudiava tudo isso e atribuía seus delírios à sua curiosidade e às leituras macabras da juventude. Danforth, de fato, é conhecido por ser um dos poucos que ousaram ler na íntegra o carcomido exemplar do *Necronomicon*, que foi trancado à chave na biblioteca da universidade.

Enquanto cruzávamos a cordilheira, o céu estava bastante vaporoso e turbulento; e embora não tenha visto o zênite, posso bem imaginar que seus redemoinhos de pó de gelo devem ter tomado formas estranhas. A imaginação, sabendo quão vividamente cenas distantes podem às vezes ser refletidas, refratadas e ampliadas por tais camadas de nuvens incansáveis, pode ter facilmente suprido o restante — e é claro que Danforth não se referiu a nenhum daqueles horrores específicos, exceto depois que sua mente começara a sugerir as leituras de outrora. Ele nunca poderia ter visto tanto em um relance instantâneo.

Naquele momento seus gritos estavam confinados à repetição de uma única palavra insana, de origem muito evidente:

Tekeli-li! Tekeli-li!

HOWARD PHILLIPS LOVECRAFT
(1890-1937)

Howard Phillips Lovecraft nasceu em 20 de agosto de 1890 na cidade de Providence, Rhode Island, nos Estados Unidos. Desde pequeno, Lovecraft apresentava uma saúde delicada, com casos agravados por constantes mudanças ao longo da vida e, ainda que não tivesse frequentado a escola com regularidade, foi uma criança intelectualmente precoce. Sua juventude foi dedicada à poesia, e apenas aos 27 anos de idade que começou a se aventurar pelo terror, pela fantasia e pela ficção científica, gêneros que o consagraram como um dos mais talentosos autores do planeta. Seus contos e novelas, inspirados constantemente por pesadelos, são discutidos até hoje por uma legião de leitores impactados pela sua mitologia repleta de simbolismos. Pai de inúmeras entidades monstruosas, Lovecraft foi responsável por disseminar o cosmicismo ao explorar a indiferença do universo em relação à existência humana, que pode ser varrida da História a qualquer momento. Em 1937, sofrendo com a progressão de um câncer no intestino, Lovecraft se internou no Hospital Memorial Jane Brown, morrendo cinco dias depois, em 15 de março, aos 46 anos de idade. O jazigo da família Phillips, no Swan Point Cemetery, em Providence, ainda guarda seu túmulo. De sua autoria, a **DarkSide® Books** publicou os livros de contos *H.P. Lovecraft: Medo Clássico v. 1* (2017) e *v. 2* (2021).

FRANÇOIS BARANGER

François Baranger nasceu em 1970 na França. Artista e ilustrador multifacetado, ele trabalha sobretudo produzindo *concepts* para filmes (*Harry Potter*, *Fúria de Titãs*, *A Bela e a Fera*) e jogos de computador (*Heavy Rain*, *Beyond: Two Souls*), além de ilustrar várias capas de livros. Publicou sua primeira trilogia de ficção científica, *Dominium Mundi*, em 2016 e 2017, e é autor do thriller *L'Effet Domino* (2017). *O Chamado de Cthulhu* (DarkSide® Books, 2021) é sua primeira adaptação da obra de Lovecraft, seguida de **Nas Montanhas da Loucura**. Saiba mais em francois-baranger.com.

NOTA DO EDITOR

Lovecraft esposava algumas ideias claramente racistas. Para ele, qualquer um que não tivesse a "pele clara dos nórdicos" (carta endereçada a Lillian D. Clark em 1926) era inferior. Seus sentimentos excludentes eram direcionados não apenas aos negros, mas aos poloneses, mexicanos, portugueses e judeus. Para alguns autores, como China Miéville, o ódio de raça é um elemento fundamental da prosa lovecraftiana, pois, basicamente, seus monstros e aberrações são a representação de seus temores e fobias de raça. Em *Providence*, série em quadrinhos de autoria de Alan Moore e Jacen Burrows, gays, judeus, negros e imigrantes são mostrados como inspiração para as aberrações criadas por Lovecraft. S.T. Joshi, biógrafo do autor e provavelmente o maior especialista em sua obra, discorda a respeito da centralidade do racismo na obra de Lovecraft. Segundo ele, as posturas mais radicalmente racistas do autor estavam presentes em seu trabalho de juventude e não eram centrais nas histórias em si. Ainda segundo Joshi, o racismo de Lovecraft foi sendo minorado com a idade e a maturidade. Seu casamento com uma mulher de ascendência judaica, ainda que fracassado, e o estabelecimento de relações com pessoas de ascendências diversas teria feito Lovecraft repensar suas posturas. Em 2014, após imensa pressão de autores do mundo todo, o World Fantasy Awards, um dos maiores prêmios atribuídos a autores de ficção científica e fantasia, mudou o desenho de seu troféu, que antes trazia um busto de Lovecraft. O racismo do autor teria sido o motivo.

AGRADECIMENTOS

François Barange agradece a Maxime Chattam,
Nicolas Fructus, Colette Baranger e Aurélie Pelerin

DARKSIDEBOOKS.COM

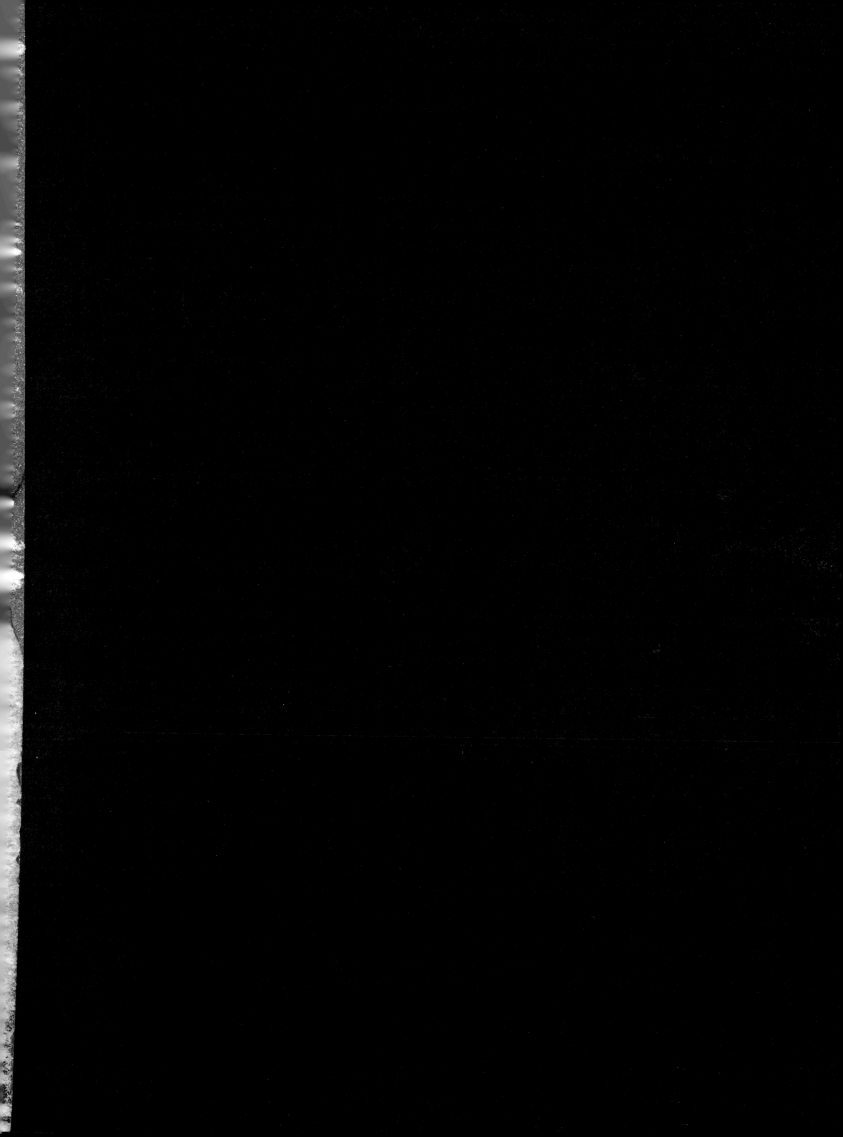